창작공감: 작가

밤의 사막 너머 | 신해연

국립극단

작품 정보

〈밤의 사막 너머〉는 국립극단 작품개발 사업인
[창작공감: 작가]에서 개발된 창작극으로, 2022년 3월 9일
백성희장민호극장에서 초연되었다.

작품 개발 과정

2021년 1월~3월 공모 및 작가 선정

4월 9일 오리엔테이션

4월~11월 정기 모임 – 스터디 및 워크숍

(스터디 – 포스트 휴머니즘/장애 담론을 경유하여/동물권/

동시대성, 동시대인)

(워크숍 – 움직임(이윤정 안무가), 텍스트의 시각화(김형연

공간·조명디자이너), 고정관념 교정 연습(권김현영 여성학자),

최신 희곡 경향(이단비 번역가·드라마투르그), 인터뷰 기법(은유 작가),

음악과 연극(장영규 음악감독))

8월 27일~29일 1차 낭독회(JCC아트센터 콘서트홀)

9월~11월 의견 수렴 및 퇴고, 연출 합류

12월 14일~18일 2차 낭독회(소극장 판)

12월 의견 수렴 과정

2022년 3월~5월 제작 공연 발표(백성희장민호극장)

초연 창작진 및 출연진

작 신해연 | 연출 동이향

드라마투르기 손원정 | 무대 손호성 | 조명 성미림 | 의상 김우성
영상 윤민철 | 라이브카메라 김강민 | 음악 카입 | 음향 이현석
분장 장경숙 | 소품 이소정 | 조연출 민성오

여자 정대진
보리, 고양이, 부고편지 서지우
고대 엄마 임윤진
고대 아빠, 아담 안창현
리더, 곰사람 이은정
기사, 낙타 김명기
우울 김석기

등장인물

도시를 걷는 여자와, 때로는 고양이로, 낙타로,
보이지 않는 목소리로 이 모든 것을 함께하는 우울,

그리고
기사,
리더,
고대의 부모 엄마,
고대의 부모 아빠,
고대의 부모 아이,

그 외 보리, 보리가 키운 원숭이 보리, 원숭이탈을 쓴 알바,
아담, 곰사람

장소

도시의 거리와 방
그리고 사막

이 이야기가 태어나는 동안에도
끊임없이 편지를 보내 왔던
나의 친구였거나 친구가 될 뻔했던
모든 보리들에게

2022년 2월
신해연

언제나 늘, 우울이 모든 것을 지켜보고 있다.

I. 부고 편지

여자, 도시의 그림자들 사이를 걷고 있다.

사람들은 걸어
무심한 이 거리를
역시나 무심한 얼굴로

여자　　나는 걸어요.
　　　　아주 오래, 꽤 오래
　　　　무덤 같은 내 작은 방으로부터
　　　　아주 멀리, 최대한 멀리
　　　　걸으면서 생각하죠.
　　　　생각해 보자고.
　　　　그 방으로부터 벗어나
　　　　생각하자, 생각을 해 보자.
　　　　그리고 또 생각해요.
　　　　왜 생각하자는 생각 말곤
　　　　생각나는 게 없는 건지.

맥도날드와 스타벅스를 따라서,
난 어디서에서 멈춰야 할지 몰라
무작정 발밑의 그림자를 따라 걸어요.
그림자들의 그림자처럼.
어떤 날은 아침부터 밤까지.
하루 종일 걸어도 어떤 누구도
내 이름을 불러 주지 않는 날도 있어요.
사실 많은 날이 그렇죠.
돌아보면 정말 내 발자국이 있을까?
문득 말을 걸고 싶어요.
지금 여기 있냐고.

어쩌면 찾고 있는지도 몰라
스쳐 가는 모든 것들 사이에서
멈춰서 바라보고, 불러 줄 누군가를

원숭이탈을 쓴 채 전단지를 나눠 주는 누군가가 보인다.
그러나 아무도 받지 않는다. 전단지는 그저 바닥에 버려진다.

여자   하지만 그저 미끄러질 뿐이죠.
맥도날드와 스타벅스를 따라서.
지겹도록 걷고 또 걸어도,
운동화 앞코에 머리를 박고 또 박아도,
절대로 이어지지 않는 이 거리에 갇힌 채.
어디든 맥도날드와 스타벅스가 있으니까.
그저 생각해 보자는 생각만을

맴맴 돌면서
걷고 또 걷다가.

여자의 앞에 떨어지는 전단지 한 장.

여자   생각이 났어요.
          나는 슬프구나.
          어쩌면 꽤 오랫동안,
          내내, 슬펐구나.
          그리고 지금도 나는, 슬픈 것이다.

여자, 바닥에 버려진 전단지를 집어 든다.

                          여전히 무심한 이 거리에서
                 지금 막 오래된 슬픔을 알아차린 한 사람을 향해

길의 끝과 끝에서
원숭이탈을 쓴 알바생과 여자 사이에
아주 거대한 부고 편지가 나타난다.

부고편지   안녕?
여자   내게 말을 걸었어요.
           아주 거대한,
부고편지   부고 편지야.
여자   부고 편지?
부고편지   응. 너에게 도착한 부고 편지.

그러나 거리는 여전하고,
죽은 사람은 아무도 없다고,
너도, 그렇게 믿어?

2. 고대의 부모

오래되고 낡은 러브호텔, 물침대 위에 아빠가 자고 있다.
음소거 된 티브이 화면의 불빛이 잠든 얼굴을 비춘다.
엄마, 시친 모습으로 한 손에 선난지를 든 채 돌아와 그 옆에 널
썩 눕는다.
그 무게에 물침대가 출렁이지만 아빠는 여전히 눈을 감고 있다.
엄마는 일부러 몸을 들썩거리며 아빠를 살핀다.

아빠   출렁이잖아.

엄마   죽은 줄 알았어.

아빠   꿈을 꿨는데.

엄마   죽은 줄 알았다고.

아빠   긴가민가 싶을 땐 콧구멍 아래 손가락을 대 봐.
            (엄마의 두 번째 손가락을 잡고 자신의 콧구멍 아래
            대며) 어때?

엄마, 얼른 손을 떼며

엄마   기분이 나빠. 뭔가 기분 나쁘게 축축하고 뜨끈한 바

람이 닿는다고.

아빠   그래, 그럼 살아 있단 거야.

아빠, 다시 자려고 눕는데.

엄마   이런 걸 받았어.

둘은 엄마가 받은 전단지를 한참 살펴본다.

엄마   나한테 오더니, 대뜸 이걸 내미는 거야.
             (아빠가 엄마를 빤히 쳐다보면) 왜 내 얼굴을 봐?

아빠   그게, 너는 뭔가 아나 싶어서.

엄마   모르겠으니까 널 보여 줬지.

아빠   나도 마찬가진데. 편지 같은 건가?

엄마   우리한테 편지 보낼 사람이 누가 있다고.

아빠   하긴, 우리가 있는지도 모를 텐데.

엄마   여기 이거, 3 아니야?

아빠   맞네. 진짜 잘못 온 거 아냐? 우린 둘이잖아.

엄마   그럼 여기 7은?

아빠   삼과 칠이라.
             (사이) 어쨌든 좋은 뜻인 거 같아.

엄마   왜?

아빠   뭐랄까, 색이 알록달록 요란스러운 게,
             여기 7도 있잖아. 행운의 7.
             일주일 동안 재수 좋을 거란 소리겠지.

엄마   그럼 3은 뭔데?

아빠   글쎄, 어쨌든 나쁜 뜻은 아닌 거 같아.

아무리 상상력이 좋은 자식이라도
이보다 더 나쁜 상상을 하긴 힘들걸.
우린 이미 충분히 나쁘니까.

고대의 부모, 다시 눕는다. 엄마, 가끔 전단지를 힐끔거린다.

아빠 오늘도 걸었어?
엄마 어떻게 알았어?
아빠 냄새가 나니까.

엄마, 이불 속에 발을 더 꽁꽁 숨긴 채

엄마 종일 사람들 사이에서
걷고, 서고, 숨 쉬고, 일하고.
아무도 날 못 보는 거 같더라.
내가 거기 없는 것 같았어.
걷고 또 걷다 점점 빨리, 더 빨리,
헉헉거리는 숨이 터져 나올 때까지,
삐익 하고 불안한 소리를 내는 주전자처럼
뒤꿈치는 다 까져서 피가 나고
다리는 한없이 무거운데
씨발, 나는 왜, 어디를 향해,
이렇게 달리고 있는 거지?
그래, 난 찾고 있구나,
이 골목만 지나면
저 코너만 돌면,
오늘은 진짜 진짜 집을 찾을지도 몰라,

	그런 생각으로 달리고, 또 달리고, 계속 달려서
아빠	매 코너에서 실망만 찾는 거지.
엄마	아는구나.
아빠	알지.
엄마	그런 건 인간을 필사적으로 만들어.
아빠	그래, 대부분 나쁜 쪽으로.
엄마	왜 어디도 집이 아닌 기분이지?
	여전히, 길 위에 내던져진 것처럼.

엄마, 자기도 모르게 다리를 움찔거린다. 침대가 출렁인다.

아빠	약속을 하면 어때?
엄마	무슨 약속?
아빠	이제부터 여길 우리의 집이라고 부르자고.
엄마	여기가, 우리의 집이라고?

엄마, 낡고 촌스런 모텔 방을 둘러본다.

엄마	있는 거라곤 물침대랑 티브이뿐인데.
아빠	이 물침대가 우리의 책상이자 식탁이자 소파이자
	그 모든 것이야.
	어차피 죽도록 일하다 돌아오면 죽은 것처럼 잠만
	자잖아?
	대부분 앉거나 눕거나 정도니까, 물침대면 충분해.

사이

아빠	너랑 나. 매번 같은 곳에서 마주쳤잖아.
엄마	그래, 집을 잃은 사람들은 비슷한 곳에서 길을 잃으니까.
아빠	어디에서 멈춰야 할지 몰라 아무 데서나 멈추는 사람.
엄마	너랑 나처럼.
아빠	이젠 우리가 서로의 집이 되어 주는 거야.

아빠, 손가락을 내민다.

| 아빠 | 자, 약속해. |
| 엄마 | 약속히리고? |

엄마, 한참 그 손을 보다가 겁에 질린 듯 뛰쳐나갔다 돌아온다.
숨을 헐떡거리며.

| 엄마 | 더 멀리, 이번에야말로 아주 머얼리, 정말 멀리 갈 생각이었는데, |
| | 따라오더라. 내 뒤를, 니 새끼손가락이, 우리의 약속이. |

아빠, 다시 손가락을 내민다. 두 사람, 손가락을 건다.

| 엄마 | 이게, 좋은 걸까? |

그렇게 오래된 약속이 시작돼.

엄마	그다음은?
아빠	다음?
엄마	난 평생 집을 찾으러 다니는 거 말곤 해 본 게 없어.
	집이 생기면, 그다음은?
아빠	글쎄. 나도 집은 처음이라.
엄마	돌아오면 넌 또 죽은 듯 잠이 들어 있겠지.
	난 불안해하면서 니 콧구멍 아래 손가락을 내밀고.
	그런데 그 기분 나쁜 축축한 숨마저 느껴지지 않으면.
아빠	안타깝지만 먼저 간 거지, 뭐.
엄마	그건 너무 나빠.
	종일 길바닥을 헤매는 것만큼, 너무 나쁘다고.

티브이 불빛에 비친 멍한 얼굴들. 아빠, 갑자기 벌떡 일어난다.

아빠	삼!
엄마	깜짝이야.
아빠	그래, 삼이야!
엄마	삼?
아빠	그 편지, 어디 있지?
엄마	편지? (생각난 듯 품속에서 전단지 꺼내며) 이거 말이야?
아빠	그래. 여기 쓰여 있잖아. 3.
	아마도 우린 3이 되어야 하는 건가 봐.
엄마	이게 그런 뜻이야?
아빠	뭐든 어때. 어쨌든 나쁘지 않잖아. 3.
엄마	3이라, 3.

아빠   어쩜 모든 건 3이 되기 위한 투쟁일지도 몰라.

그래, 너랑 나 말고,

엄마   너랑, 나 말고?

엄마, 아빠의 얼굴을 바라보다가 천천히 그 위에 올라탄다.

너의 탄생은 모텔 전단지의 대실 3만 원 숙박 7만 원이었다고
그렇게 말할 순 없었어. 우리의 시작은 그보단
좀 더 근사해야 하니까.

우울이 낮게 오래된 멜로디를 흥얼거리며
헝겊 인형 아기를 안고 나타난다. 잠든 부모 사이에 눕힌다.
낡은 모텔의 벽지에는 곰팡이처럼 희미하게 동그라미와 네모
가 생겨난다.
그 밑에 다시 동그라미. 아주 오래된 약속과 함께 가계도가 시
작된다.

그러니 그저 가난한 손가락을 걸고 약속할 뿐이야
여기가 우리의 집이라고, 그렇게 믿기로 약속하자고
그래도 불안해질 때면 서로의 콧구멍 아래 손가락을 갖다 대면서
너와 내가 아닌, 또 다른 3이 되기를 꿈꾸면서

3. 세계의 법칙

중독 클럽에서 '기분의 밤' 파티가 벌어진다.
리더와 기사는 이미 취했다.

여자   이런 파티에 늘 오고 싶었어요.
            다정하고 낯선 사람들이랑 밤새도록,
            아침이 와도 끝나지 않는 파티를.
리더   자, 마셔요. 마셔.
기사   파티 좋아해요?
여자   하지만 아무도 초대해 주지 않으니까.
            밤새 혼자서 파티를 하는 거예요.

지난밤, 파티의 기억.

여자   어젯밤에는 밤새 클럽 투어를 했죠.
            베를린에서. 베억하인은 줄이 너무 길어요.
            올 블랙 차림의 불량한 조문객들처럼,
            디제이 부스 뒤로 커다란 영정 사진이 걸려 있어도
            아무도 놀라지 않을 거예요.

끝도 없이 늘어서서 차례를 기다리죠.
우린 킷캣에 갔어요.

리더	끝내주는 음악과
기사	헐벗은 인간들
여자	누군가는 가면을 썼죠.

왜냐면 2층에 침대가 있거든요.
이불도 베개도 없이, 온통 침대만.

세 사람, 서로 뒤엉키며 춤을 춘다.

여자 방마다 다른 음악이 나왔어요.
돌아다니며 춤췄죠, 한 손엔 맥주를 들고.
내 작은 방에서. 조명이 깜빡일 때마다,
몸들은 뒤엉키고 찢기고, 다시 뒤엉키고,
손안의 맥주병은 어느새 바닥에 산산조각 났어요.

리더, 기사의 잔을 가져가 마신다.

기사 내 술!
여자 그냥 눈을 한 번 깜빡하는 정도의 사이였는데.
물론 내 작은 방에서 말이에요.

기사와 리더는 물담배를 나눠 피운다.

여자 페루로 가서 경비행기도 탔죠.
요란한 소리와 함께 점점 땅에서 멀어지면

기사가 내뿜는 연기들, 이상한 모양으로 허공에 흩어진다.

여자   나스카의 거대한 유적이 보여요.

               누가? 대체 왜? 뭐 때문에?

기사   (리더를 보며) 원래 이렇게 생겼었나?

리더   (기사를 보며) 아주 이상해. 낯선 얼굴이야.

기사   왜 이렇게 생긴 거지?

리더   그러게, 왜 그런 꼴로 거기 있어?

여자   진짜 이상하지 않아요?

               궁금하지 않아요?

기사와 리더, 마시고 피우고 흔든다.

여자   저 망할 놈의 스톤헨지는 왜 또,

               저런 모양으로 저기 있어야 하는지.

               왜 저런 거대한 돌덩이가!

리더   마시고

기사   피우고

여자   엉망으로 취하는 그 순간에도

               머리엔 온통 그 질문뿐이라고.

기사   술이 없잖아!

리더   벌써?

여자   울부짖어요.

기사   잔이 비었다고!

리더   대체 왜!

여자   스톤헨지, 가여운 스톤헨지,

기사   그러니까 이게 스톤헨지 때문이라고?

리더	개같은 스톤헨지,
기사	우리 술을 다 처먹었어!
리더	망할 놈의 스톤헨지,
기사	근데 그게 누구지?
여자	그러니까 해결되지 않는 미스테리 같은 거.
	우리는 어디에서 왔고, 또 어디로 가고 있는지.
	맞아요, 아주 나쁜 질문이에요.
	그런 질문은 인생을 좀먹을 뿐이니까.
	우리는 로포텐 섬으로,
	끝내주는 오로라도 봤어요.

기사와 리더, 쓰레기처럼 구겨진 채 멍하니 돌아가는 파티의
조명을 본다.
기사, 빛을 잡으려는 듯 허공에 손을 휘젓다가 쓰러진다.

리더	완전히 맛이 갔네.
기사	내가?
여자	맞아요. 나처럼 완전히 맛이 간 사람들과
	밤새 쉴 틈 없이 온갖 곳을 헤매다가
	아침이 왔는데,
	내 작은 방에, 여전히 혼자였어요.
	타다 남은 담배꽁초도, 깨진 맥주병도,
	아무것도 없었어요. 나 말곤 아무것도.
	밤새 미친 듯이 춤을 추면서
	술도 존나 마시고 약도 존나 했는데.

다시 지금, 진짜 파티.

여자	이상하지 않아요?
기사	아직 시차 적응이 안 된 건지도 모르죠.
여자	네, 유튜브 알고리즘은 끝이 없더라고요.
리더	(자기 손을 여자에게 내밀며) 손.
여자	손이요?

리더, 여자의 손바닥을 펼쳐서 손금을 본다.

리더	어디 보자, 흠…… 응? (여자의 얼굴과 손금을 번갈아 보다가) 흠.
여자	이상하죠?
리더	이상하네.
여자	누가 중간에 갑자기 지우기라도 한 것처럼
리더	그래, 이상하게,
여자	뚝 끊겼죠.
기사	어디 봐. 맞네. 진짜 이상하네.
여자	저도 알아요. 다들 그랬거든요.
	제멋대로 대뜸 손금을 봐 주겠다고 펼치더니
	난감하고 어색한 얼굴로 말을 멈추는 거예요. 지금처럼.
	가끔 생각해요. 여기가 끝은 아닐까.
리더	주먹을 좀 더 꽉 쥐어 보면 어때요?
여자	주먹을요?
리더	뭐든 마음먹기 나름이고 생각하기 나름이니까,
	주먹을 꽉 쥐면, 주름이 더 깊어질지도 모르죠.
기사	근데, 누구세요?
여자	아, 그러고 보니 통성명도 안 했네요.

기사	아니, 이름 말고.
여자	그럼요?
리더	이를테면, 난 리더예요.
여자	리더요?
리더	네. 다들 날 리더라고 불러요.
여자	리더가… 뭔데요?
리더	리더가 뭐긴 뭐예요. 리더지.
	그러니까 뭐랄까, 리더란 어떤 삶의 태도 같은 거예요.
	어디서든, 어떤 상황에서든 리더의 자세로 살아가는 사람.
여자	아, 뭔가 조금 사기꾼 같네요.
기사	난 기사예요.
여자	기사요?
기사	네. 기사.
여자	뭐 칼 좀 쓰시나 봐요?
기사	저는 칼보단 돌로 싸우죠.
여자	지금 저 놀려요?
리더	왜요? 뭐가 맘에 안 들어요?
여자	아니, 그게 아니라.
	알겠어요. 기사, 리더, 좋아요.
기사	그쪽은요?
여자	저요? 전. 걸어요.
리더	걷는다.
기사	걸으면서 뭔가 위대한 사색을 하는 거겠죠?
여자	그게, 사색이라기보다는. 생각을 하긴 하는데.
리더	어떤 위대한 생각이죠?

여자	그게, 그러니까.
	나는 슬프다?
리더	슬프다고요?
여자	네, 잊고 있었는데.
	그러다 편지를 받았고.
리더	편지?
여자	맞아, 부고 편지를 받았어요.
리더	부고와 편지라,
기사	누가 죽었는데요?
여자	그러게요. 죽은 건 누굴까요.
리더	슬퍼요. 견딜 수 없이.
여자	벌써요?
기사	상상력이 풍부해요.
리더	슬퍼해야 다음으로 넘어가니까.
	될 수 있으면 듣는 즉시 슬퍼하는 게 좋아요.
기사	하긴. 미루면 골치 아파지죠. 뭐든.
리더	그리고 슬플 땐 역시,

리더, 뭔가를 가지러 간다.

여자	근데 무슨 파티예요?
기사	여긴 중독 클럽이에요.
여자	중독 클럽?
기사	더 정확히는 중독 치료 클럽.
	그러니까 그게 술이든 담배든 뭐든
	인생에서 그나마 재밌어 보이는 건 다 끊는 지루한
	모임이죠.

| 리더 | (컵케이크 가지고 나오며) 그거 알아요? 이 컵케이 |
| | 크, 기분이 정말 좋아져요. |

리더, 쉬지 않고 입 속으로 케이크를 넣는다.

기사	알코올 없는 칵테일, 니코틴 없는 담배,
리더	그래도 이 컵케이크는 진짜에요.
	먹으면 먹을수록, 정말 그런 기분이 들어요.
	넣어야 할 건 빼고, 넣지 말아야 할 건 좀 넣었죠.
기사	얼마든지 먹고 마시고 피워도 돼요.
	모든 게 너무 안전하니까.

먹고, 빨고, 마시는 사이에

리더	왜 그러고 있어요?
여자	여기 진짜는 아무것도 없잖아요.
리더	뭘 모르네.
여자	제가요?
리더	자. 보세요. 술이다, 생각하고 마시면 (자신의 술잔
	을 원샷 하며)
	진짜로 알딸딸한 기분이 든다니까요.

리더, 음악을 더 높인다.
둘은 정말로 취한 것처럼 파티를 즐긴다.
아주 세게, 문을 두드리는 소리가 들린다.

| 여자 | 누가 왔나 봐요. |

다시 문을 두드리는 소리. 하지만 아무도 신경 쓰지 않는다. 여자가 문을 열면 아주 거대한 부고 편지가, 외친다.

부고편지   그 애가 죽었어. 이 말을 전하기 위해 편지를 써. 아직 유효한지 모르겠어. 이 죽음이, 혹은 죽음의 소식이. 어쩌다 이런 편지가 나한테까지 왔나 당황스럽다면, 나도 마찬가지야. 무서웠어. 내가 이 부고의 마지막 주인이 돼야 한다는 게. 그냥 흘려 버리고 싶었지. 행운의 편지는 이런 찜찜함 덕에 그렇게 멀리 갈 수 있었을 거야. 어쨌든, 죽었대. 아니, 죽었을지도 모른대. 거의 죽을 지경이라나. 죽은 거나 다름없다나. 내가 어떻게 알겠어. 소식은 출처를 알 수 없는 누군가로부터 건너 건너 여기까지 왔고, 어쩌면 너는 이 부고를 받는 가장 마지막 사람일 거야. 어쨌든, 우리가 알던 그 애는 이미 죽었거나, 지금 이 순간에도 죽어 가고 있거나, 확실한 건 곧 죽을 거라는 거야. 그러니까 부고 편지지. 늦든 빠르든, 네가 이 편지를 보았을 때, '죽음'과 그 애를 떨어트려 놓을 순 없을 테니까. 아직 이 소식을 받지 못한 누군가 중에, 알아야 할 누군가가 떠오른다면, 너도 편지를 써. 이 죽음을 전해. 그 애의 부고에 대해서.

리더   거기서 뭐 해요, 마시고 취하자니까!
오늘은 정말 끝내주는 파티라고요.

문을 사이에 두고, 파티의 음악과 부고 편지, 그리고 그 사이의 여자.

4. 어떤 방

먼지가 가득한, 수북하게 쌓인 전단지 사이에서 원숭이탈을 쓴 알바가 쉬고 있다. 오래전에 버려진 물건 중 하나처럼. 그 앞에 책이 몇 권 쌓여져 있다. 여자, 방 안을 살피다가 알바를 발견한다.

여자　　　너 말이야. 그러고 있으니까 오래된 화석 같아.

이건 아주 오래된 노래야.
이젠 더 이상 아무도 부르지 않는.
하지만 여전히 누군가는 이 노래를 들어.

알바, 아주 느리게, 억지로 몸을 일으킨다.
움직일 때마다, 먼지가 뽀얗게 날린다.
쌓인 책들을 책상 삼아, 무언가 쓰기 시작한다.

여자　　　어렸을 때, 편지를 받은 적이 있어.
　　　　　　봉투에는 분명히 내 이름이 적혀 있었어.

처음이었어. 우편함엔 늘 엄마나 아빠의 이름뿐이
었으니까.
급하게 계단을 두세 칸씩 뛰어올라가서
내 방 침대에 앉아 봉투를 뜯어 봤지.
대체 누굴까, 나한테 무슨 말이 하고 싶었을까.
가지런하게 꾹꾹 눌러쓴 글씨가 보였어.
이 편지는 영국에서부터 시작하여,
맞아. 행운의 편지.
당장 일곱 명에게 이 편지를 전하지 않으면
아주 나쁜 불행이 7년간 나를 따라다닐 거라고.
그게 내가 처음 받은 편지였어.
나 밤새 울면서 편지를 옮겨 적었다,
나쁜 일이 일어나지 않길 바랐으니까.

알바, 계속 썼다가, 지웠다를 반복한다.

여자　　　　아침이 오기 전에,
일곱 통의 편지를 들고 밖으로 나갔어.
아직 어둑한 동네를 크게 한 바퀴 돌고 또 돌고,
그러다 익숙한 문 앞에서, 친구들의 집 앞에 멈췄
어.
낡고 녹슨 우편함에 편지를 밀어 넣을 때
희미한 쇠 냄새랑 손끝에 닿던 서늘함이 아직도 생
생한데,
아무도 말하지 않더라. 그 편지에 대해.

알바, 포기했는지 대충 구겨 바닥에 던진다.

가방을 연다. 쓰다 만 편지 대신 오늘 나눠 줄 전단지를 집어넣는다.

> 만세, 세상이 망한다, 만세, 세상이 망한다,
> 낙원의 잔해 위에서, 세상이 망하고 있다고.[1]

여자   그 후로 가끔씩 꿈을 꿔.
매일 밤 서로의 우편함에 몰래 손을 넣는 거야.
그리고 다음 날 아무렇지 않은 얼굴로 인사를 해.
누군가 우리의 세 번째 손가락을 억지로 펼쳐 보인다면 거긴 똑같은 굳은살이 박혀 있을지도 몰라.
우린 말하지 않아도 똑같은 편지를 돌리고 있었어.
불안에 쫓긴 채, 미안하다고 중얼거리면서.

> 이건 우리가 가장 사랑하는 노래야.
> 나는 여전히 그 노래를 들어.

알바, 핸드폰으로 노래를 튼다.
탈 안에서, 희미하게 노래가 흘러나온다. 가방을 챙겨서 나간다.

여자   다시 편지가 왔어. 아직도 그 방에 있나 봐. 밤마다 겁에 질린 채로 울면서 편지를 베끼는 내 여자 친구들, 그래, 보리 너 말이야. 나처럼, 나 같은 얼굴로 울면서 밤새 편지를 베끼는 너 말이야.

> 여전히, 그 노래가 들려.

---

1   Hurra die Welt geht unter - K.I.Z

5. 그것은 벽이거나, 혹은 문이거나

여자, 계속 보리를 찾아 거리를 걷는다.

이제야 뒤늦은 슬픔을 알아차린 한 사람이
여전히 무심한 이 거리를 걷고 있어
그리고 찾아, 이미 사라진 누군가의 그림자를

도시의 무수한 방들을 지나 한적한 공터의 벤치,
여자가 벤치에 앉아 잠시 쉰다. 그 곁으로 무언가 다가온다.

고양이　　안녕. 날씨 좋다.

여자　　흐린데.

고양이　　난 이런 날이 좋더라.

여자　　(뒤늦게 생각이 난 듯) 근데 왜 반말 해요?

고양이　　딱 봐도, 나보다 어려 보이는데.
　　　　　　내가 어디 보자, (세어 보며) 인간 나이로 치면.

여자　　인간 나이?

고양이　　나 고양이니까.

여자　　너, 고양이라고?

고양이	보시다시피. 근데 왜 반말 해.
여자	어? 그게.
고양이	고양이한테는 그래도 된다 이거야?
여자	미안하게 됐어요. 나 참, 별.

도시의 어느 방, 리더와 기사가 있다.
각자의 방에서, 모니터 화면 너머 누군가와 대화 중이다.

리더	많이 외로워 보여요. 지쳐 보이고. 그래도 정말 잘 찾아오셨어요.
기사	괜한 짓 하는 건 아닌가 싶고. 그렇잖아요. 괜히 누가 보기라도 하면, 사람들이 날 뭐라고 생각하겠어요.
리더	그건 뭘 모르는 사람들이나 하는 소리죠. 다단계라뇨! 요즘 누가 다단계를 해요. 네트워크 마케팅, 전국이 아니라 전 세계를 상대로, 본사가 미국에 있어요. 미국, 가 봤어요?
기사	네, 저 슬럼프 같거든요.
리더	저런.
기사	놀라셨죠? 하긴. 저도 제가 이럴 줄 몰랐어요.
리더	괜찮아요, 열심히 하다 보면 한 번은 가더라고요.
기사	맞아요. 다들 그러니까.
리더	제 입으로 이런 말 하긴 정말 쑥스럽지만
기사	인공지능을 상대로 유일한 승리를 거둔 스승의 뒤 를 이어

리더	맞아요, 삼 개월 만에 차세대 리더가 됐거든요.
기사	다시 한 번 인류에게 빛나는 승리를 가져다줄 유일한 희망,
리더	최연소, 최단기, 타이틀이란 타이틀은 다 달았죠.
기사	인류의 바둑은 그의 돌에 달렸다!
리더	쑥스럽네.
기사	다들 저보고 그런 말을 하더라고요.
리더	자랑하려는 건 아니고.
기사	솔직히 말하면
리더	처음엔 저도 맨바닥부터 시작했는데,
기사	그거 다 헛소리예요.
리더	왜요, 못 믿겠어요?

다시, 여자와 고양이의 대화

여자	아니, 그건 아닌데. 용케 남아 있네요.
고양이	뭐가?
여자	요즘은 하도 사람들이 신고하니까 구청에서 다 잡아 가지 않나.
고양이	이 거리라면 빠삭하니까. 여기서부터 저기까지, 다 내 구역이거든.
여자	그럼 혹시 보리 봤어요?
고양이	보리?
여자	자주 여기 앉아 있었거든요.
고양이	여기 오는 인간들이라면, 손에 꼽을 텐데.
여자	그렇겠죠. 이런 공터에 누가 오겠어요. 우리처럼 하루가 너무 길어서 어쩔 줄 모르는 애들

고양이	이나 가끔 와서 시간을 죽이다 가는 거죠.
고양이	뭘 몰라. 여기가 명당인데.
여자	볼 게 없잖아요.
고양이	없긴 왜 없어. 잘 봐봐.
여자	뭘, 봐야 돼요?

다시 리더와 기사의 방.

기사	난 속았어요.
	뭔가 대단한 걸 하고 있는 것처럼.
	어쩌면 그게 제일 쉬워서 그랬나 봐요.
	이건 단순한 돌이 아니라고.

기사의 주머니에서 낡은 바둑돌 몇 개가 나온다.

기사	그냥 돌일 뿐이었는데.
리더	그러니까 제가 드리고 싶은 말씀은,
	아름다운 여섯 단계……
	(사이) 이 넓은 세계에서
	누구든 여섯 다리만 거치면
	만나고 싶은 일곱에게 닿게 된다는
	그런 아름답고 무서운 이야기를 해 주고 싶어요.
기사	요즘 따라 자꾸 그 남자 생각이 나요.
	나보다 먼저 이 길을 걸었던, 나의 스승님.
	마지막으로 봤을 땐, 아파트 단지 앞 벤치에 앉아
	있었어요.

다시 여자와 고양이

고양이	가장 흥미로운 건 직전이거든.
여자	직진?
고양이	직전 말이야, 직전. 어떤 직전의 순간.
여자	고양이는 진짜 시력이 좋은가 봐요.
고양이	발을 뗄까 말까, 손을 들까 말까,
	망설임과 머뭇거림 속에서
	아직 움직임이 되기 직전에 풍기는
	그 이도 저도 아닌 애매한 기색! 너무 흥미로워.
	다른 인간들이 보면 고장 난 줄 알았겠지만.
	난 봤어. 그 애가 일어설까 말까,
	한 발을 뗄까 말까, 갈팡질팡하던 그 기색들을.
기사	화단의 꽃들, 놀이터의 아이들,
	그 모든 풍경을 뒤로한 채
	지금껏 내가 따랐던
	그 크고 넓은 등이 아니라,
	아주 작고, 희미한
	빛바랜 등을 하고선.
	미동도 없이, 한참을.
	그 밤에, 그 흰 벽 앞에서.
	대체 저 벽에 뭐가 있다고,
	바둑만 두다 머리가 돌아 버린 건가.
	그땐 정말 이해가 안 갔는데,
여자	요즘도 와요?
고양이	본 지 꽤 됐는데.
여자	어디로 갔을까요. 그 한 발을 떼고선.

리더	자, 따라 해 보세요. 저건,
기사	벽이에요.
리더	좋아요!
기사	이젠 내가 그 벽 앞에 있고요.
리더	그저 닫힌 문일 뿐이죠.
기사	묻고 싶어요. 이제 어쩌면 좋냐고.
리더	그냥 문만 열면 돼요.
	우리가 그토록 바라고 꿈꾸던…
	그거, 그게, 뭐였더라.
	아, 네트워크.
	결국엔 다 연결되고 마는 위대한 시스템,
	그 알고리즘에 대한 믿음.
기사	그 답 안에 저도 있을까요?
	내 바둑도 있냐구요.
	아니면 나도, 나의 수도
	지워지는 거예요?
	완벽해지기 위해서
	지워져야 하는 거냐구요.

여자, 일어선다.

여자	어쨌든 여긴 이미 없다는 얘기네요.

기사, 자신 앞의 벽을 들여다본다. 아주 빤히.
빨려 들어가듯, 점점 더 가까이 벽으로 다가간다.

기사   이 벽 속에
　　　　　보이는 것 같아요
　　　　　내 스승의 얼굴이,
　　　　　그리고 어쩌면
　　　　　그 옆에 나의 얼굴이

6. 고대의 부모

오래되고 낡은 러브호텔, 물침대 위에 아빠가 자고 있다.

그 옆에 아직 포장지를 벗기지 않은 사탕처럼, 얼굴 없는 아이가 있다.

음소거 된 티브이 화면의 불빛이 방 안을 비춘다.

지친 모습의 엄마가 개의 머리를 안고 돌아온다.

아이에게 개의 머리를 씌우고 잠이 든다. 그 출렁거림에 아빠가 깨어난다.

아빠　　　(개가 된 아이를 발견하고) 애가, (짧은 사이) 개가
　　　　　　됐잖아.

아빠, 엄마를 흔들어 깨운다.

아빠　　　이것 좀 봐. 애가 개가 됐다고.

엄마　　　그러네.

아빠　　　그게 다야? 우리 애가 개가 됐다니까?

엄마　　　그게 최선이래.

아빠　　　개가 최선이라니!

　　　　　　기다려, 내가 바꿔 올게.

아빠, 잔뜩 화가 난 채로 아이의 머리를 벗겨서 나갔다 금방 돌아온다. 여전히 개의 머리를 들고서.

아빠　　　안 된대. 택도 없대. (다시 씌우며)

　　　　　　왜 열심히 일하는데 자꾸 나빠지는 거야.

　　　　　　개는 안 돼, 안 된다고.

부모는 번갈아서 몇 번 나갔다 오기를 반복한다.

그때마다 복장이 바뀐다. 군인이 됐다가 히피가 됐다가.

그리고 매번 다른 머리를 들고 와서 아이에게 씌워 준다.

때로는 개가 됐다가, 원숭이가 됐다가, 곰이 됐다가, 여우가 됐다가.

바닥에 나뒹구는 버려진 머리들. 그리고 여전히 인간은 아닌 아이.

　　　　　　　　사람들은 다정하고 완고한 얼굴로 말해.

　　　　　　　우리와 같은 거리를 걷고 같은 밥을 먹지만

　　　　　　이건 인간의 꿈이야. 그리고 넌, 인간은 아니란다.

아빠　　　(양손에 머리를 들고)

　　　　　　개가 나을까, 곰이 나을까?

엄마　　　차라리 원숭이가 낫겠어.

아빠　　　왜?

엄마　　　뭔가 더, 인간에 가깝잖아.

원숭이는, (짧은 사이) 조상이래.

티브이에서 안 봤어? 원숭이에서 점점 인간이 되는 그림 같은 거.

아빠 그런 걸 퇴화했다고 하는 거 아냐? 그럼 우리 애는 다시 돌아간 거야?

엄마 어쨌든 원숭이 이상은 안 된대. 우리는.

아빠, 원숭이의 머리를 아이에게 씌운다. 엄마, 일을 나간다.

휘어진 옷걸이처럼 축 처진 어깨로, 그렇게 말했어. 우리가 너에게 물려줄 수 있는 건 원숭이 머리뿐이란다.

엄마, 다시 돌아온다.

엄마 이제 일을 하는 건 우리가 아니래.

아빠 무슨 소리야.

엄마 우리가 일을 해서는 안 된대.

아빠 그럼 누가 하는데?

엄마 나도 마음에 걸렸거든. 원숭이론 살기 힘들 테니까. 바꿔 보려고 했지. 값을 치르라고 하더라.

그러면서, 일할 때만 돈으로 환산되는 노동이 제일 나쁜 거래.

그건 인간의 일이라고 할 수 없대. 거의 안 하는 거나 다름이 없대.

아빠 안 하는 거나 다름없다니, 우린 눈 떠서 감을 때까지 일만 하고 있는데.

그럼 우리가 하는 건 대체 뭔데?

엄마	이 정도 일은 일도 아니란 거지. 이렇게 하는 일은
	일이 아니라나.
	몰라, 나도. 들은 거야. 어쨌든, 이래선 안 된대. 요령
	이 없다나.
아빠	요령 없이 일만 한 게 바로 우리 아니야?
엄마	그러니까 요령이 없다는 거겠지.

아빠, 축 처진 어깨로 나갔다 돌아올 동안, 엄마의 다리가 계속 움찔거린다. 자기도 모르게.

아빠	인간이라고 다 같은 인간이 아니래.
엄마	뭐?
아빠	인간 중에서도 진짜 인간이 있고,
	인간이긴 하지만 인간 아닌 게 있대.
엄마	(잠시 아빠를 쳐다보다가) 취했어?
아빠	기준이 바뀔 거래. 인간의 기준이.
엄마	그럼 애는?

고대의 부모들, 잠시 아이를 쳐다본다. 딱히 해 줄 말이 없다.

아빠	어쨌든, 분류 목록이 있나 봐.
	기준에 따라서 다시 나눌 거래.
엄마	그럼 기준에서 미달하면? 목록에 들어가지 못하면?
아빠	지워지겠지.
엄마	지워진다고? 얘는 여기 있는데?
아빠	그러니까 여기 있긴 한데, 없는 거나 마찬가지래.
	거기 있어도, 아무도 이야기하지 않을 테니까.

엄마	아, 그러니까, 지금 우리처럼?
아빠	아, 그러니까, 그게, 우리구나.

아빠, 누워서 잠을 청한다. 엄마, 밖으로 나간다.
아이는 물침대를 흔들며 자기가 여기 있다는 사실을 알린다.
그러나 아빠는 여전히 자는 중이다. 엄마가 돌아와 눕는다.
자려고 애쓴다. 자기도 모르게 다리를 움찔거린다. 그 출렁임
에 아빠가 깨어난다.

아빠	또 시작이야?

아빠, 얕은 한숨을 쉰다. 엄마, 자꾸 다리를 움찔거린다.

아빠	우리 아빠의 할아버지의 아빠의 한참 전에 할아버지가 그랬대. 불안할 땐, 콧구멍에 손가락을 대 보라고.
엄마	나도 들었어. 우리 할머니의 엄마의 한참 전의 할머니한테.
아빠	너도 해 봐. 어른들 말씀엔 다 이유가 있겠지.
엄마	응, 아무래도 우리처럼 뭘 몰라도 한참 몰랐던 거 같아. 전혀, 하나도, 눈곱만큼도, 효과가 없거든.

엄마의 뒤척임과 침대의 출렁임 속에서, 아빠는 잠들려 애쓴다.

엄마	도대체 누구 취향이지? 누우면, 저 천장의 무늬가 거슬려서 잠이 안 와.
아빠	누우면 보통 눈을 감지 않나?

엄마	눈을 감기 전엔 눈을 뜨고 있잖아. 감으려면 뜨고 있어야 한다고.
아빠	빨리 감아 봐, 그럼.

사이

엄마	너 이 집이랑 너무 잘 어울려.
아빠	우리의 집이니까.
엄마	아니, 꼭 니 집 같애. 나는 손님 같고.
	이 집에 내 취향이라곤 하나도 없지.
아빠	그거참 신기하네. 나도 같은 생각을 했거든.
	집이 참 너 같다고. 들어오면 괜히 맘이 답답해지는 게.
엄마	말하는 거, 생각하는 거, 딱 저 천장의 무늬랑 똑같아.
아빠	시비 걸고 싶은 거라면—

부모들은 금방이라도 싸울 듯 서로의 얼굴을 보다 이내 그만둔다. 다시 등을 돌려 눕는다.

엄마	쟤 말야, 이대로 고작해야 원숭이 언저리일까.
아빠	기준은 계속 바뀌잖아.
	어쩌면 언젠가는 인간일지도 모르지.
엄마	그런 날이 오지 않으면?
아빠	(벌떡 일어나서) 점이 아니라 선이다.
엄마	갑자기 무슨 소리야.
아빠	내 솔루션이야. 콧구멍으론 안 된다며.

우린 뚝 떨어진 점이 아니라 길게 이어져 온 선이라
고 생각해.

불안해질 때마다, 말해. 우린 점이 아니라 선이라고.

엄마	점이 아니라 선이다?
아빠	그래.
엄마	점이 아니라 선이다.
아빠	그렇지.

아빠, 다시 누워서 잠을 청한다.

엄마	우린 점이 아니라 선이다,
	점이 아니라 선이다,
	점이 아니라,
아빠	속으로 말하면 안 될까?

그렇게 새로운 약속이 시작돼.

불안해질 때마다, 스스로에게 속삭여 주기로.

우린 뚝 떨어진 점이 아니라, 길게 이어져 온 선이라고.

엄마의 중얼거림이 한동안 계속되다가, 벌떡 일어나 앉는다.

아빠	출렁인다니까.
엄마	떠나자.
아빠	여기가 집인데, 떠나다니.
엄마	더 있다간 우리가 될 거야. 우리에 갇힌 원숭이 가족.
아빠	대체 어디로.
엄마	우리가 아직 인간일 수 있는 곳으로.

아빠　　　그런 데가, 있어?

누군가 부모에게 두 개의 노를 전해 준다.
이제 물침대는 작은 보트가 된다.
고대의 부모들, 쉴 새 없이 노를 젓는다.

　　　　　　　　　멸종 위기에 처한 최후의 가족처럼,
　　　　낡은 물침대 보트를 타고 쉴 새 없이 노를 저으면서.
　　　　　　　불안해질 때면 우리는 점이 아니라 선이다,
　　　점이 아니라 선이다, 그 말을 주문처럼 속삭이면서.

벽에는 더욱 길게, 동그라미와 네모가 이어진다.
우울이 흥얼거리는 오래된 멜로디와 함께.

7. 테스트

리더의 사무실 문 앞. 여자가 쪼그리고 앉아 있다.

그 옆에서 리더가 담배를 피운다.

리더, 담배를 끄고 냄새를 떨치기 위해 가볍게 뛴다.

여자　　전 보리를 찾고 있어요.

리더　　(심드렁하게) 보리라.

여자　　보리를 아세요?

　　　　　부고 편지를 받았는데, 아무래도 보리 같아요.

리더　　이상한 이름이네.

여자　　들어 본 적 없어요?

리더　　(생각하다가) 혹시 그 어깨가 약간 처지고

여자　　어, 맞아요. 휘어진 옷걸이마냥.

리더　　슬퍼 보였어요.

여자　　맞아요. 내 친구 보리.

리더　　(이상한 듯) 친구예요?

여자　　네, 제 여자 친구.

리더　　여자였구나. 굉장히 상심한 거 같던데.

　　　　　종일 처진 어깨로 소파에 앉아서

창밖만 보고 있더라고요. 멍하니. 우울증이라던가.

여자　언제 봤어요? 어디서?

리더　어디서 봤더라. 조회 수가 꽤 높았는데. 뭐, 눈길을
　　　끌 만하잖아요.

여자　보리가 우울증에 걸린 게요?

리더　네. 자기가 인간인 줄 알았대요.

여자　무슨 소리예요?

리더　글쎄 인간이랑 같이 사니까 자기도 인간인 줄 알았
　　　대요. 남들이랑 자기가 다르단 걸 깨닫고 슬픔에 빠
　　　진 거예요.
　　　신기하지 않아요? 원숭인데, 꼭 진짜 인간처럼.

여자　원숭이요?

리더　네, 원숭이 보리.

여자　보리는 인간이에요.

리더　아, 그럼 그 보리가 아닌가?

문 너머로 사람들의 희미한 웃음소리가 들려온다.

여자　어쩌면 저 안에 있을지도 몰라요.

리더　미안하지만, 우린 다 즐겁고.
　　　부고 편지 같은 건 관심이 없어요.
　　　보리 씨 같은 사람이 이런 파티에 초대받을 확률은 0
　　　이죠.

리더, 문으로 들어간다. 여자의 앞에서 문이 쾅 하고 닫힌다.
여자, 또 다른 문들을 두드리며 헤맨다.
아까와는 다른 문 앞에 쪼그리고 앉아 잠시 쉰다. 리더, 나온다.

여자	(리더를 보고) 이상하게 낯이,
리더	익은 거 같기도 하고.
여자	아닌 거 같기도 하고.

서로의 얼굴을 빤히 쳐다보다가.

여자	피곤해 보여요.
리더	잘됐네요.
여자	왜요?
리더	뭔가를 엄청 열심히 한 사람처럼 보인단 거잖아요. (하품하며) 밤새 파티가 있었거든요. 네트워크 파티.
여자	파티 좋아하나 봐요.
리더	우린 내년 여름휴가에 대해 말했어요.
여자	아직 크리스마스도 안 왔는데.
리더	요트를 빌려서 바다 한가운데로. 저기 어디 지중해 같은 데 있잖아요. 선글라스 딱 끼고, 한 손엔 위스키, 한 손엔 시가, 돌고래 보면서 필 거예요.
여자	거의 멸종이라던데.
리더	그렇게 산통 깨지 말고, 상상해 봐요. 하얀 요트에서 치마를 펄럭거리면서 위스키에 시가 한 대, 돌고래 보면서. 좋지 않겠어요? 분명, 좋겠죠. 좋을 거예요.

리더, 피곤한지 연신 하품을 하며 마른세수를 한다.

리더	이따 휴게소 들러서 잠깐 눈만 붙여야겠어요.
	아무래도 이번 달 실적이 불안 불안해서.
여자	다음 달도 있잖아요.

리더, 여자를 빤히 보다가.

여자	왜요?
리더	뭐랄까, 요 근래 이런 사람은 본 적이 없어서.
여자	저요?
리더	리더 중의 리더가 되려면, 매 순간이 테스트라고요.
	이번 달에 통과하지 못하면, 다음 달은 없는 거예요.
여자	통과하면 그다음은요?
리더	다음 테스트가 기다리고 있죠.
여자	그다음엔,
리더	또 다음 테스트가 있겠죠.
여자	언제 끝나는데요?
리더	발전에 끝이 있겠어요? 멋진 (하품하며) 일이죠.
여자	멋지다기보다는, (짧은 사이) 까마득한데.

아주 멀리서부터, 텅 빈 밤의 도로를 질주하는 자동차 엔진 소리 들려오며

리더	한밤의 고속도로를 달린다고 상상해 봐요.
	떠나온 곳도 도착할 곳도 보이지 않는 텅 빈 도로에
	서 풍경이 점점 속도에 뭉개져 지워질 때까지
여자	뭔가 불길한데.
리더	나는 액셀을 밟고 점점 속력을 높여요.

	온통 새까만 어둠을 찢으면서,
	졸음을 참아 가며, 달리고 달린 그 길 끝에는,
여자	파멸?
리더	(다시 지금 여기로 돌아와서) 우리 아이요.
여자	애가 있어요?
리더	네. 이 상상의 가장 멋진 부분은 벌써 다 컸다는 거
	예요.
여자	몇 살인데요?
리더	마지막으로 봤을 때, 앙증맞은 정수리가
	한 이만큼(손으로 키를 어림 재며)이었나?
	가마가 두 개나 있더라고요. 어찌나 귀엽던지.
	밤낮없이 달리면 언젠가는 이어지겠죠.
	상속 제도란 정말 아름다운 시스템이에요.
	이게 다 우리의 위대한 네트워크 덕분이죠.
여자	그 네트워크 어딘가에, 보리가 있을지도 몰라요.
리더	보리?
여자	내 친구예요.

리더, 한동안 여자를 빤히 바라보다가.

리더	여기 있다 보면 정말 많은 사람을 만나요.
	이젠 딱 보면 보이죠. 아, 저 사람, 몇 달 뒤엔 여기 없
	겠구나.
	보리 씨가 그런 사람 아닐까요? 명단에서 사라지는
	사람.

리더, 문으로 들어간다. 여자의 앞에서 문이 쾅 하고 닫힌다.

여자, 문들을 두드리며 헤맨다. 그러다 다시 익숙한 문으로 돌아온다.

여자   전에도 분명 왔던 거 같은데.

문이 열리고, 리더가 나온다.

리더   누구?
여자   아 그게.
리더   약속 잡으셨나요?
여자   아니, 그게. 꼭 여길 찾아왔다기보다는,
             찾고 있긴 한데. 보리라고. 제 친구거든요?
리더   (여자를 수상하게 보다가) 솔직히 말해요.
여자   뭘요?
리더   들어오고 싶은 거죠?
여자   제가요?
리더   그래서 자꾸 주변을 서성댄 거잖아요.
             여기 들어오고 싶어서, 끼고 싶어서.

여자, 문 너머를 바라본다.

리더   그렇게 원한다면, 명단에 넣어 줄 수도 있어요. 제
             가 여기 리더니까.
여자   들어가는 사람들 표정이, 행복해 보인 거 같기도
             하고.
리더   그럼요. 우린 저 안에서 행복해요.
여자   왜요?

리더   왜라뇨, 굳이 불행할 필요가 없으니까.

여자, 리더의 눈을 빤히 본다.

여자   아뇨. 같은 걸 보는 거 같은데,
            내가 보는 걸, 그쪽도 보는 거 같은데.
            맞죠? 우리 실은, 같은 걸 보고 있잖아요.

여자가 리더에게 다가갈수록 리더는 조금씩 뒷걸음질 친다.

리더   물잔 얘기 알아요?
여자   물잔?
리더   물이 반 정도 담긴 잔을 보고,
여자   어떤 사람은 반밖에 없다고 하지만
리더,여자   어떤 사람은 반이나 있다고 한다.
리더   세상은 늘 나쁘고 잔에는 늘 물이 반밖에 없겠죠.
            아무리 우리가 목이 마르다고 애원해 봐도, 바뀌는
            건 없어요.
여자   그럼요?
리더   아무것도 바뀌지 않으니까,
            결국 바꿀 수 있는 건 기분뿐이라고요. 기분이 전부
            예요.
            우리가 가진 거, 우리가 바꿀 수 있는 거라곤.

문 너머 파티의 즐거운 소음들 들려온다.

여자   그런 기분은, 어떻게 갖는데요?

리더	남들이 웃을 때 같이 웃고, 울 때 같이 우세요.
	우리가 왜 지금의 우리가 된 줄 알아요? 같은 이야기를 믿었으니까.
	쉽잖아요, 서로 허벅지 때려 가며 웃다가, 가끔 휴지도 건네주고,
	같이 코도 풀다 보면 모든 게 수월해질 거예요.

리더가 문을 열면
안에서 들려오는 은은한 음악 소리와 웃음소리들
여자, 홀린 듯 아주 천천히 문 너머 소리들을 향해 다가간다.

여자	맞아요. 좋을 거예요.
	저 안에서, 저 시간 안에 있으면…

여자의 발걸음 천천히 느려지다가 멈춘다.

여자	왜 울고 싶죠.
리더	그건 우리가 원하는 기분이 아니에요.
여자	이제 알겠어요. 여기에 보리는 없다는 거.
	믿지 않는 이야기 속에서 사는 건 외로운 일이니까.

열린 문 너머로 들리는 소리들을 뒤로하고, 여자 떠난다.

8. 벽 너머 스승

기사, 자신의 등 뒤에 있는 벽을 더듬는다.
낭황한 표정으로 주변을 둘러본다.
벤치에 앉아 있는 누군가의 뒷모습을 발견한다.

기사   (천천히 다가가며) 어쩐지 낯익은 뒷모습,
       스승님…?

아담, 몸을 돌려 기사를 바라본다.

아담   누구세요?
기사   어, 왜 젊지?
아담   네?
기사   아니, 그게, 죄송합니다.
       제가 착각했나 봐요.
       분명히 벽 속에서,
       스승님의 얼굴을 봤거든요.
       소리가 들렸다고 해야 하나.
       이상하네, 분명 여기 있었는데. 못 봤어요?

| 아담 | 여기요? |

기사, 다시 벽을 살펴본다.

기사	이상하다, 여기 있었는데.
아담	모니터에 비친 얼굴이었겠죠.
기사	아뇨, 분명 나보다 더 늙고 초췌한 얼굴이,
	(자신의 얼굴을 발견하고) 뭐야, 언제 이렇게 늙었
	지?

기사, 자신의 얼굴을 만져 본다.

기사	그럼 여기 어디죠?
아담	여긴 벽 너머예요.
기사	벽 너머라고요?
	그럴 리가요.
	평소처럼 컴퓨터로 바둑을 두다가,
	그럼 내가 지금 프로그램 안에 들어왔다고요?
아담	그런 거 같네요.
	나랑 여기 같이 있는 걸 보니까.

기사, 주저앉는다.

아담	(자신이 앉은 벤치 가리키며) 여기 아직 자리가 남
	았는데.
기사	나 완전히 맛이 가 버렸나 봐요.
아담	왜요?

기사	벽 너머라니, 프로그램 안이라니, 말이 안 되잖아요.
아담	그럼 말이 되는 건 뭔데요?
기사	몰라요. 하지만 적어도 이런 건 아니었는데.
	정말, 평생 벽만 들여다보다가 늙어 버렸어요, 그 남자처럼.
	심지어 지금은 벽 너머로.
	잠깐, 그럼 네가 (아담의 멱살을 잡으며)
아담	왜 이러세요?
기사	너 이 새끼 잘 만났다, 너지?
아담	무슨 소리 하시는 거예요.
기사	너잖아! 네가 프로그램 안에 있으니까!
	네가 나랑 바둑 두던 그 새끼잖아!
아담	전 바둑 둘 줄 몰라요.
	저는 아담이에요.
기사	아담?
아담	이것 좀 놓으시라니까요.

기사, 손을 놓는다.

아담	아담 몰라요?
	나이가, 알 거 같은데.
기사	그 사과 훔쳐 먹다 쫓겨난 걔?
아담	아뇨, 말고.
기사	그럼 아담이 또 있어?
아담	사이버 가수 아담.
	몰라요? 나름 유명했는데.
기사	아, 들어 본 적 있는데, 맞아, 그러고 보니,

	근데 이렇게 생겼어요?
아담	왜요? 어떻게 생겼는데?
기사	그게, 뭐랄까, 좀 더, 아닙니다.
	근데 왜 여기 있어요?
	뉴스에서 죽었다고 했는데? 바이러스로.
아담	네. 그래서 여기 있는 거예요.
기사	지금 이게 죽은 상태예요?
아담	계속 프로그램 안을 떠도는 중이죠.
기사	끔찍하다.
아담	웰컴! 이제 같은 처지네요.
기사	아, 그러네. 나도 마찬가지구나.

기사, 다시 주저앉는다.

아담	바닥에 앉는 걸 특별히 좋아하나 봐요.
기사	나가는 방법 없어요?
	나가야 돼요. 여기서 이러고 있을 순 없어요.
아담	글쎄, 바이러스로 죽다, 그게 내 끝이라.
	다른 건 모르겠네요.
기사	끝 다음에도 여전히 이러고 있긴 하잖아요.
아담	그렇긴 하지만.
기사	안 돼요. 다른 방법이 무조건 있어야 돼요.
	이대로 죽으면 사람들은 내내 나를 인류의 패배로
	기억하겠죠.
아담	걱정하지 마세요. 사람들은 잊을 거예요.
	당신이 나한테 그랬던 것처럼. 말끔하게.
기사	지금 복수하는 거예요?

아담	그럴 리가요.
기사	난 되어야 할 내가 있다고요.
	미래가 주목되는 촉망받는 바둑 기사,
	인류의 바둑은 그의 돌에 달렸다!
	인터뷰도 더럽게 많이 했어요.
	자신만만한 말을 많이도 뱉었죠.
	이런 포즈로 사진도 찍고.

기사, 자신만만한 포즈를 짓는다.

기사	인터넷이란 게 한 번 데이터가 올라가면
	영원히 박제돼서 떠돌아다니죠.
	꼴이 아주 우습게 됐어요.
	한 번은 이겨야 해요.
	그래, 죽는 게 문제가 아니에요.
	죽더라도, 단 한 번은 이기고 죽어야 한다고요.
아담	대단한 집념이네요.
기사	당연하죠, 엘리트는 아무나 되는 줄 알아요?
아담	정말 도와주고 싶은데.
기사	방법이 없을까요?
아담	음. 혹시 루시라면.
기사	루시?
아담	루시라면 답을 알지도 모르겠어요.
기사	루시가 누군데요?
아담	루시는 해석되지 않은 데이터의 이름이에요.
기사	그게 뭔데요?
아담	아직 읽혀지지 않은 데이터.

기사	있잖아요, 난 바둑 기사예요.
	프로그래머가 아니라고요.
아담	요리를 한다고 생각해 보세요.
	모든 요리에는 거기에 맞는 레시피가 있겠죠.
	모든 프로그램엔 거기에 맞는 알고리즘이 있을 테
	고. 레시피가 알고리즘이라면, 재료들은 데이터가
	되겠죠. 읽혀진 데이터는 레시피에 의해 처리되는
	거고요.
기사	처리된다, 벽에게 먹힌다는 건가?
아담	하지만 읽혀지지 않는 데이터는
	'요리'의 결과물에 포함되지 않죠.
	주어진 레시피로는 그 재료를 소화할 수 없으니까.
	그게 바로 읽혀지지 않은 데이터예요.
기사	그럼 루시는
아담	일종의 오류죠.
기사	루시는 오류다?
아담	아직 읽혀지지 않은, 처리되지 않은 데이터니까.
	데이터 자체로 거기 존재하게 되는 거예요.
기사	어떻게 해야 루시를 만날 수 있죠?

9. 보리의 거리

도시의 거리
여자, 그림자들 사이를 걷고 있다.

> 아주 오래, 꽤 오래
> 무덤 같은 내 작은 방으로부터
> 아주 멀리, 최대한 멀리

여자   아무리 걸어도 계속 같은 거리야.
그리고 이 거리엔, 더 이상 없나 봐.

> 그 방으로부터 벗어나
> 생각하자, 생각을 해 보자.

여자   그래, 그냥 너 하나 없는 것뿐이잖아.
그러게. 왜 그랬지. 어쩌다가, 언제부터.
가끔은 너는 내가 아닐까, 너는 왜 내가 아닐까,
이상하게 느껴지는 날도 있었는데.

여자, 밤의 거리에서 환히 빛나는, 아주 큰 전광판을 본다.

자신만만한 포즈의 바둑 기사와, 다가올 그의 대국에 관한 소식.

그 위에 사람들이 포스트잇으로 짧은 응원의 편지를 붙여 놓았다.

여자, 지쳤는지 전광판에 등을 기대고 주저앉는다.

전광판의 불이 꺼지고, 여자의 위로 그림자가 드리운다.

그 안에 자신만만한 포즈로 있던 기사, 털썩 주저앉으며.

기사　　　(여자 발견하고선) 루시?

여자　　　뭐야, 움직여.

기사　　　루시 맞죠?

여자　　　심지어 말도 해.

기사　　　찾고 있었어요.

여자　　　보리야, 나 드디어 완전히 맛이 갔나 봐.

기사　　　(감탄하며) 맛이 갔다니, 역시 루시가 맞았네요.

기사의 벽 너머와 여자의 거리가 겹쳐진다.

여자　　　뭐요?

기사　　　아담이 그랬어요.

　　　　　　루시는 읽혀지지 않은 데이터, 그러니까 오류다.

여자　　　대체 무슨 소리 하시는 거예요.

기사　　　내 말이요! 나도 정말 이해가 안 갔거든요.

　　　　　　벽에 먹히지 않으려면 오류가 돼야 한다니.

　　　　　　틀리는 것도 답이 될 수 있다니, 정말 놀라워요.

　　　　　　루시, 당신이 내 유일한 희망이에요!

여자　　　우리 부모님도 날 보고 그런 말은 안 했는데.

기사	제발 알려 줘요.
여자	뭘요.
기사	어떻게 오류가 됐죠?
여자	지금 누구 놀려요?
기사	루시! 나 진지해요. 한 사람의 인생이 달린 일이라고요.
여자	난 그냥 다리가 아파서 잠깐 앉은 건데.
기사	같은 처지끼리 도웁시다, 우리.
여자	우리라뇨, 우리는 처지가 전혀 다르거든요? 당신은 찾아오는 사람들이 있잖아요.
기사	그게 다 무슨 소용이에요. 그래도 아직 내 바둑을 기억하고, 기대하는 팬들이 있다니. 역시, 이러고 있을 순 없어요.
여자	회복이 빠르네요.
기사	기대에 부응하기 위해 살아왔다고 해도 과언이 아니죠. 아직 내가 되기도 전에, 벌써 내가 있는 삶이라고나 할까.
여자	역시, 재수 없네요.
기사	그런가요, 그런 말 많이 듣긴 했는데.
여자	그리고 조금 부럽고요.
기사	난 당신이 부러운데, 지금 거기 있잖아요.
여자	여기라고 별로 좋을 것도 없어요. 어쩌면 그 안이 더 나을지도 모르죠. 잠깐, 그럼 내내 거기 있었어요?
기사	네. 그러니까 제발 꺼내 달라고요.
여자	그럼, 보리 봤어요?
기사	보리?

여자	네.
기사	보리라, 무엇을 본단 말이죠?
여자	그게 아니라. 보리를 찾고 있어요.
	부고 편지를 받았거든요.
기사	부고라니, 그거 내 미래에 대한 암시예요?
	뭔가 비유적인 예언인가요?
여자	진짜 부고 편지를 받았다니까요?
기사	역시, 루시, 쉬운 사람이 아니네요.
	하긴 가르침이란 늘 알 듯 말 듯하죠.
	분명하고 확실하게 알려 주는 법이 없어요.
	하지만 나도 평생 수 싸움만 한 사람이라고요.
	제가 꼭 읽어내고야 말겠어요.
여자	정말 바둑만 두다가 돌아 버렸나 봐요. 그것도 제대로.
기사	아뇨, 이걸론 부족하죠. 당신처럼 되려면.
여자	지금 저 욕하는 거예요?
기사	그럴 리가요. 깍듯하게 스승님으로 모실게요.
	부끄럽게도 평생 엘리트의 길만 걸어와서,
	오류가 되는 법은 전혀 감도 안 잡히거든요.
여자	난 그냥, 따라온 거예요.
	자꾸 생각이 나서.
	맞아요, 하는 게 아니라 나는 거예요, 생각이.
	멈출 수가 없더라고요. 보리는 하루에도 몇 번씩,
	내가 거리를 걷고, 멈춰서 신발 끈을 묶는 그 순간
	에도 어디선가 보리는.

거리에서 원숭이탈을 쓴 채 아무도 받지 않는 전단지를 돌리는

보리가 있다. 탈 안에서는 세상이 망하고 있다고 외치는 오래된 노래가 희미하게 들려온다. 하지만 여전히 들리지 않고, 보이지도 않는 채, 그저 여자의 짧은 상상 속에 있다 사라진다.

여자　　부고 편지 받은 적 있어요?

기사　　글쎄요. 팬레터라면 좀 받아 봤는데.

여자　　하긴, 누가 부고 편지를 받고 싶겠어요.

　　　　아무도 원하지 않고, 필요로 하지 않으니까,

　　　　지금 나처럼, 문 밖에 남겨졌다 사라졌겠죠.

기사　　아뇨, 거기 있잖아요.

　　　　벽에게 먹히지 않고, 분명히 거기 있잖아요.

　　　　그냥 아직 읽혀지지 않았을 뿐이에요.

　　　　하지만 루시,

여자　　루시 아니라니까요.

기사　　부정하지 마요. 루시.

여자　　아, 정말.

기사　　읽혀지지 않는 데이터도 의미가 있나요?

여자　　그러게요. 읽혀지지 않는 편지,

　　　　아무도 믿지 않는 이야기가, 의미가 있을까요?

사이, 여자는 곰곰이 생각한다.

기사　　괴로울 것 같아요.

　　　　읽혀지지 않은 채로 남아 있는 거,

　　　　견딜 수 있을까요? 아주 외롭고, 고독하겠죠.

여자, 문득 뒤를 돌아 기사를 본다.

기사, 여자의 시선을 의식한 듯 자기도 모르게 자세를 잡고 자신만만한 포즈를 취한다. 늘 그래 왔듯이.

기사   쑥스럽게 왜 갑자기.

여자   (바라보다가) 왕점이 있네요.

기사   점? 어디요? 나 점 없는데.
         아, 정말 아직도 이런 유치한 장난을.

기사, 자기 얼굴 위에 얼룩을 지우려고 하지만, 잘 안 된다.

여자   뭐 좀 웃기고 나름 귀여운데.

기사   진지한 프로 기사 이미지에 오점이 된다고요.

여자   도와줘요?

기사   네, 당장.

여자, 전광판의 얼룩을 지운다. 침을 살짝 묻혀서.

기사   도움받는 처지에 까다롭게 굴고 싶진 않지만,
         침은 좀, 그건 좀. 그런 건 정말 좀.

여자와 기사, 매끄러운 막을 사이에 두고 서로를 본다.

기사   왜, 왜요. 또 어디 뭐가 있어요?

여자, 기사의 얼굴 위로 손바닥을 가져다 대면

기사   왜, 왜 그래요. 루시, 당신은 내 스승님이에요.

여자　　　　매끄러워요.

여자, 계속 손바닥으로 그 감각을 느끼며 쓸어내린다.

기사　　　　그, 그럼 정말 벽이 됐나 보네요, 나.
　　　　　　벽은 늘 한 치의 불안도, 의심도 없이
　　　　　　매끄러우니까. 그 앞에 서면 나는 늘……
여자　　　　알아요, 그 기분.

살짝 자신의 뺨을 전광판에 대어 본다.
점점 더 여자의 손톱이 전광판을 파고든다.

기사　　　　루시, 스승님, 왜, 왜 이래요.
　　　　　　진정하고, 우, 우리 이러면 안 돼요.
　　　　　　지성이 있는 인간이라면, 품, 품위를 지키면서,

여자, 전광판을 찢는다. 일부분이 뜯겨 나간다. 경쾌한 소리를
내며.

기사　　　　루시!
여자　　　　맞아요. 그게 될 리가 없잖아요.

뜯겨 나간 전광판 사이로, 낡고 오래된 연극 포스터가 보인다.

10. 보리의 여섯 번째 죽음

극장 안. '보리의 여섯 번째 죽음'이 올라갈 무대.

여자가 자리에 앉으면 연극은 시작되고
관객은 이 연극을 보는 여자의 표정만을 볼 수 있다.
그러니까 무대는 여전히 어두워서 보이지 않고
관객은 여자의 표정을 통해 나름의 상상을 할 뿐이다.

여자　　　아직 안 늦었나 보네.

이제 무대에서 '보리의 여섯 번째' 죽음이 시작돼.
제목처럼 여섯 번, 아니, 실은 그보다 더 많이.
보리는 이번에야말로 진짜로 제대로 죽기 위해서
끝도 없이 자신의 죽음을 고치고 다시 쓰고
무수한 연습과 리허설을 반복하며 죽고 또 죽어

어두운 무대 위에 이 연극의 주인공 보리가 원숭이탈을 쓰고
등장한다. 몇 번씩 반복해서, 다양한 방식으로 보리가 바닥에
쓰러지고 부딪히는 소리. 그러나 어쩐지 완성된 죽음이라기보

다는, 그것을 위한 리허설처럼 보인다.
그 옆에서 보리가 키우는 원숭이 보리가 그 모습을 지켜본다.
원숭이 보리는 보리가 쓰러질 때마다 일으켜 세우는데
그것이 반복될수록 보리가 쓰러지지 않도록 도와주는 건지,
아니면 다시 쓰러지도록 재촉하는 건지 알 수가 없어진다.

보리는 저렇게 최선을 다해 죽고 또 죽어 보는데
왜 도무지 이 죽음은 어디에도 닿지를 않나.
배우가 조금 더 진정성 있는 연기로 죽어야 했나,
이보단 세련되고 감각적인 연출로 죽어야 했나,
아니면 더 절절하게, 비극적으로, 그러나 유쾌하게,
개연성과 논리를 잃지 않고 형식미를 갖춰 죽어야 했나,
보리가 어떻게 죽어야만 이 죽음은 죽음이 될까.
그래, 죽음다운 죽음, 사람들이 기대할 만한 한.
한 번 증명해 보라고, 니 죽음이 진짜 죽음이란 걸.
그렇게 보리를 속절없이 죽고 죽게 만드는 그 순간에도
아, 이건 좀 설득력 떨어지는 죽음이 아닌가라는
불안과 실패의 예감 속에서
그래, 매일 밤 네가 하는 거 말야.
매일 밤, 아무도 모르게 그 작은 방에서,
우리가 각자 반복하는 그거 말이야.
여전히 슬픈 줄도 모르고
이미 몇 번이나 죽어 버린지도 모른 채로
어두운 무대 위에서 조명도 관객도 없이
보리는 오늘 밤에도 열심히 죽고 또 죽어

원숭이 보리가 쓰러진 보리를 질질 끌고 퇴장한다.

여자　　　커튼콜도 박수도 없이.

여자는 무대 위에서 반복되는 보리의 죽음을 보다가
웃음이 터진다. 간간이, 그러다 점점 어깨를 들썩이며,
견딜 수 없다는 듯이, 웃고 웃고 웃고 또 웃다가
그만 눈물이 찔끔 고일 때까지.
그리고 어느새 여자의 곁에 우울이 있다.

우울　　　안녕.
여자　　　우울이다.
우울　　　그래, 나야, 우울.
여자　　　그래, 너였어. 우울.
　　　　　　매일 밤마다, 매일 아침마다, 늘.
우울　　　그래, 늘.
　　　　　　항상 니 옆에 있었어.
여자　　　그래 맞아, 너였지, 언제나.

여자, 고인 눈물을 닦는다.

여자　　　진짜였나 봐. 보리가 그랬거든.
　　　　　　아주 길게 웃으면 눈물이 난다고.
　　　　　　(사이) 보리가 죽었어.
　　　　　　여기 이 자리에 앉아서
　　　　　　다 봤으면서. 이미 몇 번이나.

모두가 떠난 극장, 텅 빈 객석에서

우울　　　(여자를 바라보며) 그래, 몇 번이나.

여자가 다시 무릎에 얼굴을 파묻고 웃는지 우는지 모를 소리를
내는 동안,

여자　　　보리는 죽었어.

여전히 다정하고 상냥한 우울이 여자의 곁에 남아 있다.

11. 고대의 부모

오래되고 낡은 러브호텔, 벽면에는 곰팡이가 가득해서
마치 오래된 정글이나, 도시의 낡은 파이프 배관을 지나는 것
처럼 보인다.
물침대 보트 위에서, 고대의 부모가 쉴 새 없이 노를 젓고 있다.
그들은 거의 말을 잃었고, 아주 지쳐 보인다.
그 사이 원숭이 머리를 쓴 아이가 가끔 기거나 앉거나 눕는다.

낡은 물침대 보트를 타고 쉴 새 없이 노를 젓는 동안,
세계의 문들이 열렸다 닫히기를 반복하는 동안,
생각해, 낡은 보트 위에서. 우리는 어디를 향해 가는 걸까?

아빠   저기!
엄마   (살펴보다가) 이런 물침대로는 안 된대.
아빠   아, 왜!
엄마   너무 싸구려라서. 이름 없는 침대는 곤란하대.

계속 노를 젓는 부모들.

아빠	저기는?
	(자기를 빤히 쳐다보자) 뭐야, 왜 내 얼굴을 봐.
엄마	너무 누래서 안 된대.
아빠	아니야, 너 까매. 쨍일 땡볕에 노만 저어서 그런가.
엄마	그것도 안 된대.
아빠	대체 무슨 말이야, 그게.
엄마	너무 누래도 안 되고 너무 까매도 안 된대.

지친 아빠, 잠시 아이 곁에 아이처럼 웅크려 잠이 든다.
엄마는 계속 노를 젓는다. 가끔 낮은 자장가를 흥얼거리며.
몇 번 더 표지판이 나타나지만, 계속 지나칠 수밖에 없다.

아빠	어, 저기 뭐가 있었는데.
엄마	노 키즈 존, 애새끼는 사절이래.
아빠	저긴?
엄마	(살펴보다가) 어, 그러니까,
	헤테로 사절.
아빠	그럼 여자랑 여자끼린 되고?
엄마	그것도 안 된대.
아빠	남자랑 남자는?
엄마	그것도 안 되겠지.
아빠	그럼 대체 되는 건 뭐야!
	그냥 받아 달라고 해 보자. 응?
	우린 절대 안 사랑한다고
	오래전부터 사랑이 없었다고.

엄마, 계속 노를 젓는다.

아빠, 할 수 없이 따라서 계속 젓는다.

> 마주치는 거라곤 닫힌 문뿐이라서
> 낡은 물침대 보트는 계속 지나칠 뿐이야

아빠, 쓰러지듯 잠이 들고 엄마 역시 잠이 든다.
낡은 물침대 보트 위에서 잠든 채로, 그들은 표류한다.
부모들의 뒤척임에 노가 떨어지고, 아주 깊은 물속으로 사라진다.
아이, 일어나서 잠든 부모들을 본다.
기어가서 그들의 콧구멍을 손가락으로, 막는다.

아빠   넌 또 언제 이런 걸 배웠냐.

엄마, 깨어난다.

엄마   어디지?
아빠   그러게.

간간히, 파도가 철썩이는 소리.

엄마   앞을 봐도, 뒤를 봐도,
아빠   온통 물이네.
엄마   노는 어디 갔지?
아빠   잠든 사이에 쓸려 갔나 봐.
엄마   망했네, 우리.
아빠   그러게. 아주 제대로.

고대의 부모들, 자포자기의 심정으로 누워 버린다.
철썩이는 파도와, 출렁이는 물침대 위로.

엄마   이 와중에도 별이 있어.

아빠   그것도 많이.

사이

아빠   이게 우리의 마지막일까.

엄마   그런 거 같은데.

아빠   그래도 아직 인간인가.

엄마   이제 와서 그게 무슨 소용이야.
　　　　이 망망대해에서,
　　　　우리가 두 발로 서는 코끼리라고 해도
　　　　아무도 신경 안 쓸걸.

아빠   너라도 말해 줘.

엄마   뭘.

아빠   우리가 인간이었다고.

엄마   그게 중요해?

아빠   억울하잖아.

엄마   그래, 우린 인간이다.

아빠   나 눈물 나.

엄마   대체 왜 그래.

아빠   콧구멍에 손가락을 대 보면 괜찮을 거라고,
　　　　점이 아니라 선이라고 생각하면,
　　　　모든 게 다 괜찮을 거라고 했는데.

엄마   끝까지 믿을 수 없는 이야기도 있는 거야, 아무리

노력해도.

우린 실패한 이야기를 따라온 거라고. 그러니까 당연히 우리도 실패지.

부모들, 그제야 가운데 있는 아이를 본다.

엄마	쟤는 어떻게 되는 거지.
아빠	그러게. 쟤를 깜빡했네.
엄마	죽어라 노를 젓느라.
아빠	그치만 우린 이제 끝이야.
엄마	너를 여기 남기고, 우린 간다는 소리지.
아빠	이런 말 어디서 들은 거 같은데.
엄마	나도.
아빠	그리고 이런 말도.
엄마	(과거 부모로부터 들었던 말 흉내 내며) 우리 집안 대대로 전해져 온 것,
아빠	(과거 부모로부터 들었던 말 흉내 내며) 너에게 물려줄 때가 온 거 같구나.
엄마	(과거의 아이가 되어) 뭔데요? 우리도 그런 게 있어요?
아빠	맞아, 나도 똑같이 말했어. 이런 집에도 물려줄 게 있다니.
엄마	주식인가요? 땅인가요?
아빠	물침대다.
엄마	물침대요?
아빠	그래, 대대로 내려온 물침대다.
엄마	아빠, 이제 정말 가실 때가 됐나 봐요. 빨리 가요, 이

럴 거면.

아빠	이 물침대는 우리 집안 대대로 내려왔지.
엄마	이게 왜 우리 집안 물침대예요. 이건 모텔 주인 거죠.
아빠	처음엔 아주 작았는데, 사는 게 힘들다 보니 이렇게 커졌다. 무서운 물침대야.
엄마	아빠, 갈 거면 그냥 가시라고요. 이상한 소린 그만하고.
아빠	끝까지 그렇게 자식 속을 뒤집어 놓고 가야겠요?
엄마	그래, 그러니까 내가 너에게 물려줄 거라곤,
아빠	러브호텔의 물침대뿐이란 거지?
엄마	잊지 마라, 집안 대대로 내려온
아빠	이 물침대를!

장엄하게, 최후를 맞이하며 쓰러지는 부모. 잠시 그대로.

엄마	출렁거려.
아빠	가끔은 멀미가 날 정도로.
엄마	그 뒤론 누워 있으면
아빠	왠지 한기가 든다고 해야 하나
엄마	출렁이는 물, 집안 대대로 내려져 온,
아빠	그러니까, 이 물침대가 문제였어.
엄마	가끔은 터지는 거 아닌가, 물이 새는 건 아닐까,
아빠	늘 불안하게 만들잖아.
엄마	그게 유산이라니
아빠	최악의 부모들이다, 정말

엄마	평생 혼자만 젖은 운동화를 신고 걷는 기분이야.
아빠	맞아, 바로 그거야. 뭘 해도 기분이 나빠지지.
부모들	축축한 운동화 속에서 눅눅한 발을 참아 가며 걸어야 하니까.
아빠	내내 불쾌한 기분으로
엄마	나쁜 냄새가 나는 게 아닐까,
아빠	불안해하면서
엄마	이미 썩어 버린 발을 볼까 봐 벗어 버릴 수도 없이.
아빠	이게 우리가 물려줄 유산이야.
엄마	아닌가, 이게 인간의 마지막 밤이니까 더 이상 물려받을 다음은 없나?
아빠	그러게, 우리가 마지막인가.
엄마	잘된 일인지도 몰라.
아빠	물침대도 여기서 끝.
엄마	미안해. 우린 여기까지야.

고대의 부모들, 아주 길고 깊은 잠에 빠진다.
파도가 가끔 물침대를 흔들고 떠나간다.
아이, 몸을 일으키려다 넘어지기를 반복한다.
물침대 위로 서서히 모래가 쏟아진다.
아주 긴 시간이 흐른다.

바람이 짭짤하게 부모들을 말리고
태양이 시간을 잘게 부수는 동안,
영원을 약속하는 색색의 플라스틱이
아주 작은 모래 알갱이가 될 때까지,
그 위에서 사랑을 하고 서로를 죽이고

　　　　　그러다 다시 그 손을 잡기도 전에,
　　　　거기서 나무가 자라고 빌딩이 세워지고
　　　어제의 차별이 오늘의 정의가 되는 동안에
　　　　　문은 늘 열렸다 닫히기를 반복해

아이, 마침내 조금 비틀거리며, 일어선다.
신이 나서 주변을 둘러보지만 부모들은 이제 볼 수가 없다.
천천히 걸어서 물침대에서 내려온다. 떠난다. 문이 닫히는 소리.

　　　　　그리고 누군가 그 문을 열고 나가

12. 경계

빗방울이 툭툭 떨어진다.
도시와 완전히 멀어져, 그 어떤 문도 방도 없는 곳까지
걷고 또 걷던 여자, 누군가와 마주친다.

여자　　　이런 데도 사람이 있네.

곰사람　　곰밖에 없어요, 여긴. 곰의 집이니까.

여자　　　근데 사람이잖아요.

곰사람　　그게, 사람이긴 한데-

여자　　　어? 나 본 적 있어요.

곰사람　　저를요?

여자　　　다큐에 나왔죠?
　　　　　　곰이 되고 싶어서 곰과 함께 살기 위해 떠난,
　　　　　　잠깐, 그럼 여기가-

곰사람　　맞아요. 곰들의 집이에요.

여자　　　돌아가요.

곰사람　　왜요?

여자　　　마지막에 당신 죽어요.
　　　　　　가족처럼 여겼던 곰한테,

발톱으로 할퀴어서 찢기고, 이빨에 머리를 물어뜯 기면서.

당신이 그렇게 사랑하는 곰이 당신을 먹는다고요.

곰사람, 상상한다. 잠시 후.

곰사람　그렇더라도, 아직은 여기 있잖아요.

여자　계속 있으면 진짜 그 다큐의 마지막 장면처럼 되겠
죠. 배가 고파지면 가장 먼저 당신을 쳐다볼 테니까.

사이

여자　정말 그래도 괜찮아요?

곰사람　내내 그런 기분이 들었어요.
난 정말 곰이 아닐까? 왜 곰이 아닐까.
곰들은 매번 킁킁거리며 내 냄새를 맡아요.
난 가만히 서서 다정한 목소리로 속삭이죠.
우린 동족이야, 나에게도 곰의 피가 흘러.
어쩌면 끝끝내 될 수 없을지도 모르지만.
매일 아침마다 속삭여 줄 거예요.
안녕, 좋은 아침, 나는 곰이야.
여기가 내가 찾은 나의 집이에요.

멀리서, 곰들이 돌아오는 소리가 들린다.
곰사람, 행복한 얼굴로 소리가 나는 쪽을 바라보다가.

곰사람　빨리 가요. 당신은 낯서니까, 위험할 거예요.

여자	더 이상 어디로 갈지 모르겠어요.
곰사람	가고 싶은 곳이 없어요?
여자	거기도 아니지만 여기도 아닌 거 같달까.

곰들이 다가오는 소리 점점 가까워진다.
여자, 자신이 온 곳과 반대의 방향을 바라본다.

곰사람	거기로 가면 사막이에요.
여자	사막?
곰사람	아주 오래, 꽤 오래 걸어야 할걸요.
	거긴 아무것도 없다고 하던데.

여자, 한동안 그 방향을 바라보다가.

여자	술 좀 있어요?
곰사람	아뇨, 여긴 마트가 없어서.

여자, 품속에서 납작한 플라스크 병을 꺼낸다.

여자	이게 마지막인데. (건네며) 오늘 밤에 마시고 주무세요. (하늘 보며) 조금씩 내리는 걸 보니까 아마 오늘인가 봐요. 비가 아주 많이 오는 밤이었거든요.

곰사람, 여자가 건넨 플라스크 병을 소중하게 받아 품에 넣는다.

여자	곰사람은 어때요?
곰사람	곰사람?
여자	아주 근사한 곰사람처럼 보이거든요.
곰사람	고마워요. 그렇게 불러 줘서. 당신은요?
여자	나는, 보리요. 보리라고 불러 줘요.
곰사람	보리, 기억할게요.

곰사람, 떠나는 여자를 향해 힘껏 손을 흔든다.
곰들의 그림자, 곰사람에게 점점 다가온다.

13. 사막에서

아주 오래, 비 오는 소리, 점점 잦아들면서.

그 문과 방으로부터, 반복되는 악몽과,
내 것이라 믿고 싶던 근사한 거짓말들로부터,
끊임없이 자신을 팔고 또 파는 가난한 이들로부터,
멀어지고 또 멀어져서, 황량한 길과 외로운 나무를 지나서,

여자　　사막이다.
　　　　나 진짜 사막에 왔어.

저 너머에서 낙타 끄는 사람이 걸어온다.
아주 천천히, 아주 느리게, 여자 앞에 도착한다.
어색한 정적과 애매한 눈 맞춤 후에.

낙타　　탈래?

둘은 사막의 언덕에 나란히 앉는다.
앉는 사이에 시간은 훌쩍 흐르고

여자   여긴 별이 많네.

여자는 발로 모래 언덕을 파고든다. 모래 흐르는 소리.

여자   이렇게 큰 모래 언덕은 처음 봐.
낙타   사막이 크면 클수록,
             그 안에 품고 있는 물도 크대.
여자   이 안에 물이 있다고?
낙타   응.
여자   상상이 안 가.
             상상할 수 없는 건, 없는 거잖아.
낙타   물론 지금 당장 보이진 않지만.
여자   아무리 봐도, (사이) 그냥 모래뿐인데.
낙타   여기 사람들은 그렇게 믿어.
여자   신기하지 않아?
             사람들은 왜 늘 뭔가 믿고 싶어 할까.
낙타   3에 대해 들어 봤어?
여자   3?
낙타   그래. 아직 도착하지 않은 3.
             분류 목록에 포함되지 않은 3.
             지금 여기, 눈앞에 있는 너랑 나 말고.
             어디선가 아주 먼 길을 오고 있을 3 말이야.
여자   뭔가 있을 거라는 약속 같은 건 지겨워.
             봐, 아무것도 없잖아. 사람도, 그림자도, 소리도.
낙타   희미하게 들리지 않아?
여자   뭐가?
낙타   먼 우주에서 온 것처럼, 아주 희미한 어떤 울림 같

은 거,

(잠시 사이) 봐, 이거, 아직 채 소리가 되지 않은 소리
같은.

한동안 보이지 않는 소리를 쫓다가

여자　　　모르겠는데.

낙타　　　왜, 잘 들어 보면 들리잖아.

　　　　　쿵, 쿵, 쿵, 심장 박동처럼

여자　　　쿵, 쿵, 쿵?

낙타　　　점점 더 또렷하게, 쿵, 쿵, 쿵

여자　　　그래, 뭔가 우주에서부터 들려오는-

낙타　　　파티!

여자　　　파티?

낙타　　　아라빅 애들, 주말마다 EDM 파티 하거든.

　　　　　베이스 소리야. 지금 시작했나 보네.

여자, 실망한다.

낙타　　　장비가 끝내주나 봐, 여기까지 쿵쿵 울리는 게.

여자　　　아, 뭐야.

낙타　　　왜? 파티엔 역시 EDM이지. EDM 싫어해?

여자　　　파티는 이제 지겹거든.

낙타　　　저 무수한 별 아래서 춤추면 얼마나 기분 좋은데.

　　　　　쿵쿵거리는 울림에 몸을 맡기고 흔들리다 보면

　　　　　아주 오래된 시간까지 거슬러 올라가 춤을 추는 기

　　　　　분이야. 나 말고, 나처럼 몸을 흔들었을 오래전의

누군가와 함께.

어차피 파티는 끝나고 음악은 멈출 거야. 그럼 진짜 고요해져.

그거 다 저 파티의 시끄러운 EDM 덕분이라고.

그러니까 지금은 그냥 이 파티를 즐겨.

둘은 한동안 가만히 그 울림을 느끼며 담배를 피운다.

연기가 허공을 타고 무수한 별들에게 닿으면

서로 눈이 마주치고

웃음이 터진다, 아주 길게 웃다가

조금 운다.

여자　　뭐야, 또 너였어?

우울　　맞아, 나야, 우울.

사이

우울　　이제 가야지.

여자　　너도 같이 가?

우울　　아니, 난 여기까지야.

여자　　네가 없는 건 처음인 거 같은데.

우울　　바로 저기, 너도 보이지?

우울이 가리킨 곳에 사막의 언덕과 손톱달이 있다.

우울　　잘 가. 우린 여기서 헤어질 거야.

여자　　네가 없는 게 어떤 건지 상상이 안 돼.

우울   완전히 방향을 잃게 되겠지.

저기라는 게 대체 얼마나 남은 건지,

여기로부터는 대체 얼마나 멀어진 건지,

하나도 알 수 없게 될 거야.

축하해, 너 드디어 완전히 길을 잃게 됐어.

여자, 손톱달 아래 저 너머를 바라보다가.

여자   조금만 더 가면,

그저 몇 걸음만 더 가면,

바로 저기, 닿을 거 같은데.

여자, 저 너머를 향해, 사막을 걷는다.

우리는 그렇게 헤어져.

너는 점점 작아지고 작아져서 아주 작은 점으로.

아마도 계속 걷고 있겠지, 사막 한가운데로.

여자   신기하네.

어둠에도 색이 있어.

그냥 까맣기만 한 게 아니었나 봐.

그리고 더 또렷해졌어. 저기 말이야.

손톱달 아래, 저기.

그러나 계속 걸어도 저기에 닿지 않는다.

여자, 문득 겁이 나서 뒤를 돌아본다.

어느새 우울도 보이지 않는다.

사막 한가운데서, 완전히 혼자가 됐다.
방향도, 거리감도, 아무것도 알 수 없어진다.
여자의 가쁜 숨소리와, 발이 모래에 스치는 소리만 들린다.

닫힌 문과 작은 방으로부터,

여자   한 걸음.

길 잃은 밤 덩그러니 깨어난 낯선 침대로부터,

여자   다시 한 걸음

생경한 아침과 내 것이 아니었던 그 모든 꿈으로부터

여자   다시 또 한 걸음

계속 멀어져, 아침이면 지워질 희미한 발자국을 남긴 채로.

사막의 언덕 너머 손톱 달 아래, 작고 희미한 그림자가 드리운다.

아주 오래, 네가 믿지 않던 그 순간에도, 너를 향해 다가오고 있는
어떤 존재와 순간이 저 너머에 있다고, 어쩌면 이 순간을 위해
우린 아주 오랜 길을 걸어야 했는지도 모른다고,
혼자가 된 너에게도, 그런 생각이 찾아오기를,
그런 순간에 닿기를, 나는 이제 절대 알 수 없겠지만.

여자와 그림자의 눈이 마주치는 순간

너는 그 사막에서 다시 태어나기를.

막

[창작공감: 작가] 운영위원의 글

인간과 비인간, 나와 타자의 공존이 '환유'하는 세계들

전영지(드라마터그)

우리는 함께 격리되었다. 인간은 한때 우주까지도 자신의 영토인 양 착각하며 어디든 갈 수 있다고 믿었지만, 실상 지구 말고는 마땅히 머물 곳이 없다는 걸 지금은 잘 알고 있다. '우리가 격리되었다는 것', 그리고 '함께 격리되었다는 것', 이것이 바로 팬데믹이 새삼스레 일깨워 준 항구불변의 진실이라고 프랑스 과학기술사회학자 브뤼노 라투르는 말한다.[1] '지구생활자'인 우리는 '지구'라는 한정된 공간에서 다른 '지구생활자'들과 긴밀하게 상호작용하며 살아갈 수밖에 없다는 것이다. 물론 '지구생활자'에는 인간 행위자뿐 아니라 동·식물, 대기, 땅, 바다 등 비(非)인간 행위자가 포함되며, 이들 모두는 인간이 쉬이 통제할 수 있는 '대상'이 아니다. 인류의 갖은 노력에도 불구하고 사그라들 줄 모르는 이 지독한 바이러스가 몸소 증명하고 있듯, 생태학적 위기의 한복판에 서 있는 우리에게 절실하게 요구되는 것은 '인류만의 것이 아닌 지구'라는 인식이다. 인간중심주의적 태도를 내려놓고 이 행성의 공동거주자로서 다른 존재와 더불어 살 길을 모색해야 하는 것이다.

인간만의 것이 아닌 무대

'동시대성'을 모토로 하는 국립극단의 새로운 프로그램답

---

1   브뤼노 라투르, 김예령 옮김, 『나는 어디에 있는가』, 이음, 2021.

게, 2021년 봄부터 1년여의 개발과정을 거쳐[2] 2022년 [창작공감: 작가]로 선보이는 세 편의 작품들은 모두 '인간만의 것이 아닌 무대'를 예비하고 있는 것으로 보인다. 기실 세 편의 작품에서 가장 눈에 띄는 공통점이 바로 주요 등장인물에 다양한 비인간 행위자가 포함되어 있다는 것이다. 특히 원숭이, 고양이, 낙타, 표범, 들개, 말, 개구리, 곰, 수달 등 수많은 동물, 또는—인간도 동물이므로 좀 더 엄밀하게 말하자면—'비인간 동물'이 등장한다. 물론 문학·연극사에서 동물 캐릭터의 등장이 새로운 일은 결코 아니며, 동물 배역을 구현하는 것은 결국 인간 배우의 몸일 터, 동물의 등장 자체가 인간중심주의의 극복을 시사한다고 말하기는 어렵다. 사실 인간 작가가 아무리 성실하게 동물을 관찰하고 연구해 본들 동물의 관점과 감각을 오롯이 상상하는 것은 불가능하기 때문에 희곡 속 동물 배역의 말과 행동은 인간을 투사하지 않을 수 없다. 인간에 빗대어 상상해 볼 따름인 것이다.

허나 '의인화'는 탈(脫)인간중심주의적 행보를 응원하는 수사학이다. 본디 인간이든 비인간이든 타자를 이해하는 일은 너무나도 어려워 절망은 잦고 포기는 유혹적이다. 하여 자기에게 빗대 보는 시도가 노력을 지속하게 한다면 배움을 포기하는 것보다는 낫다. 게다가 '의인화'는 인간이 인간만의 능력이나 역량이라고 간주해 온 것들을 동물도 소유하고 있을지 모른다는 의심을 자극하며 인간이 인간과 나머지 동물 사이에 그어놓은 작위적 경계선을 회의하게 한다. 또한, 동물배역을 생각하며 비인간의 경험을 상상하고 공감하는 어려움을 절감하게 된다면, 이는 실로 인간중심주의의 폐허를 더듬는 일이 될 것

2 '2021 [창작공감: 작가] 개발 과정'과 관련해서는 2021년 12월 14일부터 18일까지 진행했던 '2차 낭독회' 프로그램에 정리·소개되어 있으며, 해당 프로그램은 국립극단 홈페이지(www.ntck.or.kr)에서 다운로드 가능하다.

이다. 인간 너머의 다른 존재들을 상상하는 데 실패하는 까닭이 바로 인간의 사유와 감각을 '표준'으로 삼아 온 인간중심주의의 유구한 역사 때문일 테니 말이다. 더 나아가 그 '표준'이 어떠한 인간을 기준으로 어떠한 역사적 과정을 거쳐 어떻게 구성되었는지를 물을 때, 우리는 인간중심주의의 실체를 목도할 수 있다. 그 '표준'은 실로 오만하고 편협한 잣대로 '표준 외' 인간이라고 규정한 존재들을 지독하게 폭력적인 방식으로 배제하고 차별하는 과정을 통해 구성된 것일 뿐이기 때문이다.

주지하다시피, 인간과 동물 사이를 가르는 위계적 분류 방식은 인간들 사이의 다양한 차이의 범주를 구축하는 데도 고스란히 적용되었다. 즉 위계적 분류체계라는 근대적 기획은—레오나르도 다빈치의 인체도 '비트루비우스적 인간'만이 충족할 법한—'상상적 표준'을 중심에 두고, 이 실체 없는 허구와의 유사성 정도에 따라 타자를 서열화하는 일이었다. 이 과정에서 여성, 퀴어, 빈민, 유색인종, 장애인, 그리고 비성년은 '상상적 표준'으로부터 멀리 떨어져 있다고 하여 덜 가치 있는 인간 또는 비인간으로 간주되었으며, 때로는 동물과 유비되었다. 즉 인간중심주의, 또는 종차별주의는 여타의 차별과 혐오의 이데올로기와 언어와 논리를 공유하며 다양한 형태의 억압에 공모해 온 것이다. 이런 까닭으로 인간과 동물의 관계를 다시 묻는 일은 근대적 인간관에 대한 도전이자 근대적 위계질서에 대한 반문이 된다.

실제로 동물에 대한 최근의 논의는 동물을 둘러싼 감수성과 의제의 변화를 반영할 뿐 아니라 다양한 동시대적 질문들과의 긴밀한 연관 속에서 탐구되고 있다. '2021 [창작공감: 작가]'의 세 작품 또한 여러 동시대 담론과 다양한 접점을 만들어내며 각기 완전히 다른 물음을 묻는다. 게다가 무대화 방식에 따라, 개별 관객의 기대지평에 따라 작품들에서 길어 올려지는 '지금의 흔적' 또한 달라질 것이다. 신해연, 김도영, 배해률, 이 세 명의 작가가 [창작공감: 작가]라는 프로그램을 통해 선보이는 '동시대성'은 이처럼— 동시대가 꼭 그러하듯 —복잡하게 얽혀 있는 여러 담론의 열린 연쇄인지라 간결한 설명에 담을 수 없다. 허나 한 가지 분명하게 말할 수 있는 것은 세 작품이 담보하는 풍성한 풍광은 동시대에 대한 작가들의 통찰뿐 아니라 비인간 행위자에 다가서는 사유 방식과도 연결되어 있다는 것이다. 전술한 것처럼, 인간 작가가 동물에 대해 쓰는 일에는 어느 정도의 '비유'가 포함될 수밖에 없을진대, 세 명의 작가는 공히 '환유'의 접근법을 통해 열린 연쇄를 펼쳐내고 있는 것이다.

환유가 펼쳐내는 열린 연쇄들

비록 깔끔하게 구분되는 것은 아니지만 비유는 크게 은유와 환유로 나눠지는데, 은유는 유사성(similarity)의 원리를, 환유는 인접성(contiguity)의 원리를 바탕으로 한다고 여겨진다. 다시 말해, 은유가 두 개의 서로 다른 요소에서 유사성을 발견하거나 발명하여 하나의 관점으로 통합해내는 것이라면, 환유는 현존하는 인접 개념들을 자유로운 연상을 통해 연결 짓는 것이다. 비유컨대, "은유는 모든 현상을 보자기처럼 하나로 덮어씌워 버리려는 성격을 지닌다면, 환유는 모든 현상을 낱낱이 가려내려는 성격을 지닌다."[3] 결국 은유는 중심으로 돌진해 들어가며 닫힌 체계를 구축하고, 환유는 자유롭게 유동하는 상상을 통해 열린 연쇄를 허용하는데, '2021 [창작공감: 작가]'의 세 작품은 환유를 통해 확장하는 세계로 관객을 초대한다. 이에 먼저 초대받은 사람으로서 필자는 작가들이 두루뭉술한 유사

---

3   김욱동, 『은유와 환유』, 민음사, 1999, 266쪽.

성 안에 뭉뚱그리는 대신 하나하나 생생하게 펼쳐 놓은 낱낱의 흔적을 조심스레 짚는 것으로 소개를 대신할까 한다.

먼저 첫 번째 공연작인 신해연 작가의 〈밤의 사막 너머〉는 어느 날 길을 걷다 우연히 부고 편지 한 장을 건네받은 여자가 그 부고 편지의 주인공이라고 추정되는 자신의 여자 친구 보리를 찾아가는 과정을 쫓아가는 듯 보인다. 그러나 여자는 여느 드라마의 주인공과는 달리 보리를 찾는 데 성공하지도 실패하지도 않는다. 기실 보리는 등장조차 하지 않는다. 그렇다고 보리가 작품에 부재하는 것 또한 아니다. 종국에는 자신을 보리라고 불러 달라는 여자를 포함하여 보리를 연상시키는 수많은 존재들이 스펙트럼처럼 펼쳐져 관객의 적극적 상상을 추동한다. 이 존재들은 인간/비인간으로 대별되지 않으며 동시에 하나의 존재나 추상적 의미로 환원되지 않는데, 이는 인간과 동물을 위계적으로 이분화하던 '인간성'이라는 개념을 하나의 연속체로 접근하려는 작가의 통찰이 빚어낸 환유의 연쇄로 읽힌다.

김도영 작가의 〈금조 이야기〉에 등장하는 수많은 '고아들' 또한 하나의 의미로 포개지지 않는다. 한국전쟁 발발 7개월 후, 전쟁통에 잃어버린 딸을 찾아 길을 나선 금조와 이 여정을 함께하는 아무르, 관객은 둘의 동행을 따른다. 이 두 존재는 부모와 집을 잃고 '들개'처럼 떠돌다 난민(亂民)이 되거나 난민(難民)이 되어 버린 수많은 인간/비인간 '고아들'과 조우하지만, 각각은 금조나 아무르의 모티브를 단순하게 반복하지 않는다. 모든 존재는 전쟁, 즉 타자에 대한 착취와 수탈(또는 사냥)을 동반한 위계의 구축이라는 근대적 기획에 노출되어 있지만, 각각의 삶의 조건은 고유하여 대체되거나 생략될 수 없는 것이다. 이를테면, 아무르는 자신의 고유한 역사를 가진 개체로서 생의 순간순간 다른 이름, 다른 종으로 불리며 자신만을 대표하는 존재가 된다. 결말로 돌진하는 대신, 긴 호흡으로 존재 각각의 순간순간을 찬찬히 살피는 사려 깊은 시선이 낳은 풍성하고 정확한 이해다.

열린 연쇄로 이어져 있지만 개별성과 특수성을 그대로 간직한 존재는 배해률 작가의 〈서울 도심의 개천에서도 작은발톱수달이 이따금 목격되곤 합니다〉에도 생생하다. 이 작품은 동화작가 영원이 작은발톱수달이 등장하는 동화를 써 나가며 마주하는 과거의 기억과 꿈, 그리고 쓰여지고 있는 동화가 복잡하게 교차하며 펼쳐지는 작품이다. 동화 속 세 작은발톱수달의 이야기는 일견 영원 자신의 삶을 유비하는 듯 보이지만, '작은발톱수달'이라는 명명(命名) 자체가 증언하듯 수달의 구체성은 생생하다. 세 마리의 작은발톱수달은 인간에 대한 하나의 비유로 축소되지도, 수달 종을 대표하지도 않으며, 도롱뇽 영원(蠑蚖)의 이야기 곁에 머물 뿐이다. 마치 길 잃은 어린 주영 곁에서 한참을 서 있었다던 길 잃은 할머니처럼 말이다. 그리고 부러 '이야기가 산으로 가길' 바란다는 작가의 소망은 자신의 이야기 또한 길 잃은 관객 곁에 그렇게 머무르는 것일지도 모르겠다. 하나의 중심으로 박두해 들어가지 않는 이야기들의 자리 말이다.

위계 없는 사유, 경쟁 없는 동행

2021년 봄, 비인간동물이 포함된 세 편의 시놉시스를 받아들고 함께 공부할 거리를 찾다 제일 먼저 찾아든 책은 『짐을 끄는 짐승들』이었다. 이 책의 저자 수나우라 테일러는 한 철학자의 말을 인용하며 다음과 같이 쓴다. "우리가 찾고자 하는 것이 유사성들일 때, 우리는 타자의 삶에서 명백히 가치 있는 면모들을 모호하게 만들거나 간과하는 경향이 있다. 유사성에 초점을 맞춤으로써 우리가 여전히 가치관의 위계도(hierarchy), 즉 인간 능력이야말로 가치를 부여할 만한 유일한 것이라는 생각을 조장하고 있다는 것이 불행히도 지금의 현실"이라는 것이다.[4] 그날의 대화를 정확하게 복기할 수는 없지만, 깊이 공감하면서도 사뭇 난처했던 기억이다. 테일러 본인이 말하는 것처럼 위계에 기반한 사유는 판단의 과정을 단축하며 질서에 대한 인간의 끊임없는 욕망에 화답하기 때문이다. 게다가 하나의 프로그램을 함께 시작하던 그 순간, 우리가 어떤 '유사성'으로 묶일 것인지 고민하는 것은 지극히 당연하게 여겨졌기 때문이다.

하지만 지금은 안다. 단축된 판단의 과정은 자주 오류를 빚고, (위계)질서에 대한 욕망은 타자를 지운다는 것을 말이다. 억지로 '유사성'을 빚어 서로에게 강제하지 않아도 함께할 수 있다는 것 또한 알게 되었다. 하나의 추상적인 지향을 상정하고 그와 무관한 모든 차이들을 지워내지 않아도 하나의 프로그램을 함께 만들어 갈 수 있음을 경험한 것이다. 우리의 판단에 필요한 것은 모든 것을 뭉뚱그리는 하나의 명쾌한 기준이 아니라 개별적이고 구체적인 상황을 촘촘하게 살피는 섬세한 언어임을 배웠다. 무엇보다 경쟁 없이 동행하는 이 과정 중심의 프로그램 속에서 서열화된 가치체계 없이도 우리가 얼마든지 스스로 판단할 수 있음을 확인했다. 어떤 가치가 왜 '표준'이, '중심'이 되어야 하는지 공감하지도 못한 채 그곳에 닿기 위해 내달리는 대신에 우리는 확장하는 서로의 상상력에 흔연히 탄복할 수 있음을 경험했다. 서로의 다름에 설레어하던 세 명의 작가들이 만들어 나간 이 프로그램이 증명한 것은 바로 이러한 가

---

4   수나우라 테일러, 이마즈 유리·장한길 옮김, 『짐을 끄는 짐승들』, 오월의 봄, 2020, 154쪽.

능성이 아닐까. 차이를 발견하고 발명하며 타자의 실체를 온전히 마주하고자 할 때 역설적으로 공존의 길을 찾아나갈 수 있다는 것 말이다. 같아지려고 애쓰기보다 멀리멀리 나아가 나란히 서게 된 세 편의 작품들처럼 말이다.

밤의 사막 너머   지은이 │ 신해연

2022년 3월 7일 1판 1쇄 펴냄

펴낸이	재단법인 국립극단
	예술감독 김광보
진행	지민주, 한나래, 이지연
주소	서울시 용산구 청파로 373
웹사이트	www.ntck.or.kr
전화	02 3279 2260

펴낸곳	걷는사람
펴낸이	김성규
편집	김은경 김도현
내지	김동선
주소	서울 마포구 월드컵로16길 51 서교자이빌 304호
전화	02 323 2602
팩스	02 323 2603
등록	2016년 11월 18일 제25100-2016-000083호
ISBN	979-11-91262-98-8 [04810]
	979-11-91262-97-1 [세트]